世紀を超えて「光」と「影」を歩く

市民が綴る過去・現在・未来 4

村上義雄 編著

教育史料出版会

書いて語る歳月が熱い「ことば」を生みました

村上　義雄

「戦争を知る世代」が「戦争を知らない子どもたち」に向かって「戦争の足音が迫っています。不吉な予感がします。いくらなんでもそればかりは、いけません。ノーと言い続けましょう」と勧める言葉が聞きとれるはずです。「叫び」があります。「主張」があります。日常の生活のなかからにじみ出る「つぶやき」や「ため息」や「愁訴」、あるいは、肉親・身内を気遣う「優しい呼びかけ」、花や木や草や動物に寄せる「豊かな感性」も読み取れるはずです。

書いたのは、ごく普通の「市民」たち。老いの身をいたわりながら、あるいは、なお、現役そのもののエネルギーを注ぎ込みながら、多忙で苦労や悩み多い日常の中、文章を入念に練り上げました。『私もまた語り部として生きる』（二〇〇四年一二月刊）、『私の故郷は地球なのです』（二〇〇七年一二月刊）、『二〇世紀をたどる　二一世紀を歩く』（二〇一二年三月刊）に続く四冊目です。

プロとかアマとか言う表現を使うとしたら、揃ってアマチュア、素人です。そんな「普通の人たち」が、四冊も本を編んで世に送り出しました。これはもう、ほとんど「事件」です。

「市民」についてはさまざまな解釈や学説があります。私はこの本の編著者として、また、長年、務める文章講座の講師として、さらに一人のジャーナリストとして、「自立する人びと」という意味でこの言葉を大切に使いたいと考えています。

世に名前の無い人間はいません。が、「無名なひと」という表現は存在するでしょう。この本の筆者たちは、いわば、芝居になぞらえ、名優・仲代達也さんにあやかって申すと「無名塾」で文章の勉強を重ね続けています。ただ、読んでお分かりいただけると存じますが、かなり上等の文章が揃いました。ページを開いてみてくださいませんか。

はじまりは朝日カルチャーセンターの文章教室でした。「書いて語るそれぞれの二〇世紀」と題して私が始めた講座に足を運ぶ人びとが「本を出すなんて、私にそんな力があるでしょうか」と謙虚にためらいながら綴る文章は、誰のものでもない、その人自身の〝肉声〟です。

ええ、講座の〝決め手〟は、「語る」なんです。書き手が教室で作品を人の目にさらし、語り合います。お互い真剣にならないわけにいきません。この緊張感と、自由でおおらかな空気が、文章力を磨き、腕をあげるのに役立つのでした。講師が講評を述べ、文章の書き方について解説し、ヒントを説き、「じゃあ、次、また会いましょう」と講座を終える。といった「普通の講座」とはひと味違う、そんな日々が志と力量を鍛えたのだと、私は確信しています。

新宿の高層ビル、神保町の区民館、飯田橋の喫茶店と転々とし、いまは、多摩ニュータウンの中の「パルテノン多摩」に〝教室〟を構えています。「パルテノン」はギリシャの神殿。となると、そこに住まう私たちは神か、女神かなんて、無論、ジョークですが、ふと気がつくと、木から平原に降り、直立歩行を始め、火を発明し、文字を手にし、その連なりとしての文章を習い覚え、そして語らいの楽しみに取り込まれていった。そんなご先祖の経験を思い起こすと、天からの啓示を感じる。でも、人類の歴史があって、この本がある。これは疑いようのない歴史的事実です。

新しい年が明け、松がとれて間もない二〇一六年一月一〇日、そのパルテノン多摩の小さな部屋で本の編集会議を開きました。編著者で、文章教室の講師を務める私が主催し、本の筆者で講座の受講者の面々が集まり、のびやかに熱い時間を過ごしました。まず、書名について、次いで各章のタイトルについて、さらにそれぞれの文の〝表札〟について話し合いました。さきほど私たちの講座の〝決め手〟と紹介した「語る」がここでも生きました。その成果をどう受け止めていただけるでしょうか。

私たちの講座は、その名を「木曜会」と申します。はじめに朝日カルチャーセンターで講座を開いたのが木曜日だったという、ごく単純な動機ですが、いまでも、同好の皆さんは、愛着をこめてそう呼んでいます。私は、木曜会の都度、毎回、講評を書き、あらかじめ皆さんに届け、講座当日を迎えるのですが、この機会に講評のつまみ食いをしてみます。お読みいただけましょうか。

《年初、私は木曜会のお仲間とたどってきた道を思い返していました。私自身も含め、濃淡の違い、強弱の相違はあるけれど、私たちの道は、必ずしも決して平坦ではなかった。次々にただごとではない様子が耳に入って来ます。そんなふうに思い返すとき、しばしば「生きるって何だろう、人は何のために生きるのか」と、古今東西、賢人たちがさんざん悩んでいた大きな宿題を思い、やや途方に暮れるのです》

《文章を書く、画を描く、美術展に足を運ぶ、同好の若い人びとを見る。ときに語り合う。忘れ物をする経験が増える。加齢は容赦ない。が、その運命を、しばしば案じながら、どこかごく自然に親しく付き合っているふうに思える。老いは、ゆっくりと近づく、誰の上にも確実にやってくる。だが、書く、描く、歩く、話す、微笑む、冗談を言い、そうして生きている、ここにいる誰もがそうしている。人は生まれた瞬間から死に向かって歩き始める、刻々とその運命を刻んで行く。これぱかりは極めて、残酷に公平だ。誰も運命を避けるすべを見つけていない。私の妻は、ときに哲学者になる。あるとき、小さな声で言った。いつかは死ぬ。だから生きられる。永遠に死ねなかったら、こんなに辛いことはない。この文章を読んでいてあの言葉を思い出した》

《これはまさに達意の文章でした。泣くと書かずに悲哀を書いてみよう。涙と書かずに悲しみを書こう。無理を承知の注文を繰り返してきました。この作品は粗雑な注文のレベルをはるかに越えて私の願いをかなえてくれました》

《この文章を手にとり、ずいぶん以前に知った、みやびやかな「詩」を思い出しました。それは次のように響きます。

「天に響(とよ)む大主(うふぬし)あけもどろの花の　咲いわたり　あれよ　あれよ　見れよ　きよらよ」（琉球の古代歌謡を一七世紀に編集した「おもろそうし」から）

お母さんは、こうして天に昇っていかれたのです。私はきっとそうに違いないと信じます。そうして、「あれよ、見れよ、きよらとつぶやくのです。……逝く母を、惜しんで、惜しんで、惜しんで送る娘の、この上ないほど潔いイメージ。これを幻想と呼ぶ自信は、私には持てそうもない。白昼夢という言葉も世の中にはあります。が、それも違う気がする。きっかり目を見開いて、きっかり見たのでしょう。それにしても「おもろそうし」の世界となんときれいに重なることか》

この本は教育史料出版会、中村早苗編集長とスタッフの皆さんの友情のおかげで生まれました。お礼を申します。

二〇一六年一月一五日

世紀を超えて「光」と「影」を歩く◆目次

第二章　本気で生きると見えてくるんです

第三章　おかげさまで、こころ豊かな日々です

207 **貞永　和子**
つれづれなるままに……、そして、素直になる私に気がつくままに……。
ペンをとり、深い世界に誘われます

220 **成生　汎子**
戦前、戦中、戦後、思いつくままにつぶやく。人生、悪くはなかったですね。
思い出さまざま、生きてきてよかったなあ

234 **大久保　洋子**
旅から旅へ。そんな時間が愛しい。そして、ルーツ探しも始めました。
夫と二人、異文化に触れ、異文化に引き込まれ、バッチリです

244 **白石　裕子**
思い出は、ふるさと新潟、山合いの、あの広場で眠っています。
「月の砂漠」の王子さま、演じたんですよ。いまですか？　ダンスに夢中

第1章
「戦争のできる国へ」なんて許せません

●戦争。私たちは加害者だった

南京虐殺　「午後二時ごろ、概して掃討をおわって背後を安全にし、部隊をまとめつつ前進、和平門にいたる。その後俘虜ぞくぞく投降し来り、数千に達す。激昂する兵は上官の制止をきかばこそ、片はしより殺戮する。多数戦友の流血と十日間の辛酸をかえりみれば、兵隊ならずとも「みなやってしまえ」といいたくなる。従順の態度を失するものは、即座に殺戮した。太平門外の外堀が死骸で埋められていく」（旅団長、佐々木到一の報告「南京攻略記」）

●戦争。私たちは被害者だった

原爆投下（一九四五年八月六日、広島　九日、長崎）「私は世界への警告としてこれを書く。ヒロシマを二度とくり返すな。三〇日後、まだ人が死んでゆく。原爆の疫病としか言いようのないなにものかによって死んでゆく。この原爆での最初の実験場で私は最も恐ろしい戦慄すべき姿をこの目で見た。これにくらべると太平洋諸島の戦場はエデンの園みたいなものだ」（イギリス紙特派員、ウィルフレッド・バーチェット記者）　記事の中の言葉、「ノーモア・ヒロシマ」はいまも生きている。

●思いをこのことばにこめてみます

鶴彬「手と足をもいだ丸太にしてかえし」

［遺稿］（一九八九年記す）

人生八十年。ソウルの友に、ハルちゃんに、亡夫に、そして、英霊に。お約束します、もう「間違い」は重ねません

劔持　千枝子

武断政治・李朝無残。私は「加害者」の側の者だった

その光景が展開されたのは、一九二六年から始まった「昭和」に改元される日から遡（さかのぼ）る半年前のこと。私は二歳半になっていた。

後に「日帝下の六・一〇事件」といわれる騒乱に巻き込まれ、危うく潰され、大怪我をするところだった日の光景を、その後、父は繰り返し語ってくれたが、十二歳で父と死別した私は、その騒乱が意味する政治的背景など、六十年後の最近までずっと併せて考えたことはなかった。

四十歳で死んだ父は、その時はまだ三十歳ばかりの若い父親であった。それから二十年が経って一九四五年、日本敗戦。そして四十数年は、光陰は矢の如しの例えどおり、私も二人の子の母となり、二人の孫娘がつぎつぎと当時の私の年齢になってきた中で、短かった父の人生と、その父の温もりを孫たちの上に重ねて、遠い日の思い出を限りなく懐かしむだけの日常であったが……。

いま古代史ブームである。ブームに乗ったというより、粉飾された皇国史観を、そのまま史実として教育されてきたことが、次つぎと発掘されて明らかになったのだ。最近の「藤ノ木古墳」がそれで

ある。また、一九七二年に発見された「高松塚古墳」の壁画も、古代大和などに色濃く朝鮮半島が影響していることを知った。まことに目から鱗が落ちる思いがしたものである。そして、朝鮮の歴史に没頭することになったのだが、その中に、騒乱の政治的背景を知るたった数行の記述を発見したというわけで、まさに六十の手習いによる。

私は、朝鮮総督府の所在地、今の韓国の首都ソウルで生まれ、一九四五年の敗戦時には二十一歳になっていた。「ふるさと喪失族」あるいは「外地族」といわれているが、昭和史の視点が、日本内地において、戦災や広島長崎の原爆また沖縄などで、苛酷な被害を受けた方たちとは対照的な、加害者の立場に置かれた一群に属している。戦後の日本では、その風体と言動は一風変わっていて、「引揚者」と差別を込めて呼ばれていた。思えば外地京城で生まれ育った二十年は、その後の私の思想、心情に抜き難いものを落としている。「幼児体験」というのか、私が物心つき始めた最初の原風景が「六・一〇事件」である。

外地族から見ると、祖国日本がどんな国であったか、国体や国情を少し神秘的に見ていたかもしれない。天皇は神格化され、神話がそのまま神国日本の肇(はじま)りであったと教え込まれていたのは内地も同じだが、外地からは、まだ見ぬ父祖の国は憧れの対象であった。今、ベールを剥がし、反対側から見ると、戦争突入への経緯と、実体以上に日本はうまし国であった。今、ベールを通して見ていただけ、実日本植民地下の、統治の二本柱といわれた「武断政治」と「同化政策」で朝鮮民族がどれほど苦しんでいたか、当時その一つ一つを具体的に日常的に見てきた私には、今になってなお一層鮮明に、また深く読めてくるのである。

一九二六年六月十日、その日は李朝最後の王「純宗」の葬礼の日であった。「純宗」享年五十二歳。一九〇七年、王位に就き（三十三歳）、在位僅か三年にして一九一〇年、日本により朝鮮統合。李王朝は終わる。それからの十六年余りの壮年期を幽閉同様の身で過ごしたのだが、純宗の父君は前国王「高宗」。母君は高宗妃の「閔妃（びんひ）」と知ったとき、「純宗」の葬列の中から起こった「六・一〇事件」の意味が分かって胸を衝かれた。

つまり「純宗」逝去の七年前に「高宗」は何者かに毒殺された。その葬礼の二日前に決起した愛国者たちの「独立万歳」は、朝鮮全土に拡がり、日本を震撼させた。「一九一九・三・一独立万歳事件」という。その時の日本兵の銃剣の下で苦悶にゆがんだ男の顔。日本植民地での「武断政治」を象徴するものが、今もソウルのパコダ公園にレリーフとして刻まれている。

また、その十五年前には、高宗妃、純宗の母君「閔妃」は、黒幕に日本公使、実行行為の日本人大陸浪人らに、王宮乱入の上、その寝室で惨殺されてしまっている。その上、遺体は狼藉者によって王宮の庭で焼かれた。証拠隠滅のための所業であろう。その克明な光景は、角田房子著『閔妃暗殺』に余すところなく描写されている。

後日、調査したところにより、かの日本人らは一切おとがめなし。手引きをしたということで朝鮮人が二人死刑にされている。日本人の何たる暴挙、恥知らずのことをやってくれたと、今も腹が煮え返る。

一九〇九年。日韓併合の前年のことである。日本の伊藤博文公が朝鮮の愛国者「安重根」によって、ハルビン駅頭で狙撃された。その青年曰く、第一の理由は〝国母（閔妃）暗殺事件〟の復讐だったと。因みに「同化教育」のもと、伊藤博文公によってまだあどけない幼年期に東京に連れてこられ、日本の教育を受け、日本の皇族梨本宮家から方子妃を迎えた「李垠」殿下は、「閔妃」亡き後の高宗妃「厳妃」を母とする、「純宗」とは腹違いの弟君にあたる。

さて、父が幼女の私を肩車に、葬礼の行列を見送りに出かけた徳寿宮の広場は、もう思いがけないほどの群集が溢れて立錐の余地もなく、父は爪先立ちして葬列の出門を待っていたのである。

李王朝の五百年は、前王朝「高麗」の国家仏教を廃棄し、儒教を国教とした。私がソウルにいた頃は、李氏朝鮮時代は終わって十六年ほどが経っていたので、欧米文化や産業などと共に、キリスト教信者も多く、立派な教会やミッションスクールもあった。最近の学生運動で有名な明洞聖堂は、私たちはフランス教会と言ったが、とんがり屋根の上に十字架が光り、赤レンガに蔦がからまった大きな教会であった。しかし、祖先崇拝、長幼の序などのモラルは確立し、学問を高く評価するなどの儒教精神は、今も朝鮮民族のバックボーンである。また、仏教も健在である。

古式に則っての儒教による李王最後の「純宗」の葬礼は、誇り高き朝鮮民族の心、まして国を奪われた憤りと哀しみを込めたものだったと想像している。そして父のハングル語はなかなか格調の高い丁寧語で、好意を持ってくれる人は次第に増えていったというから、朝鮮への理解を深めるための見送りだったと思われる。

その時、突然、群衆が乱れた。何かの炸裂音と獣のような声と悲鳴と。父はそれが群衆の中から起こったと言う。多数の私服の官憲が群衆の中に紛れ込んでいたのではないだろうか。私は、数年前、上野の東京文化会館で似たものを見ている。

その日は、皇室の若い皇子がヴィオラ奏者として出演する音楽会で、誘われて出かけた。会場は溢れんばかりの聴衆で、私たちは席を探すのに苦労した。その時、はやばやと席についている聴衆の中に、音楽会の雰囲気にそぐわない、背広姿ではあるが体つきがいかつく、眼光するどい若い男性がかなり混じっているのを見た。想像した通り、演奏会がはねて若い皇子のご両親が出口に立たれると、雰囲気にそぐわない一群はいち早く見えなくなっていて、残りの聴衆はなんとまばらだったのである。

高宗の葬礼に合わせて蜂起した三・一独立万歳事件の苦い経験から、二度目の独立運動は当然予想されたと思う。あるいは事前に何かによって察知されていたのかもしれない。葬列が徳寿宮の門を出た広場は、「哀号(あいごう)!」(嘆き哀しみの韓国語)と「万歳(まんせい)!」の中になだれ込んだおびただしい官憲が交錯し、阿鼻叫喚の坩堝(るつぼ)となった。

父は娘を抱えて逃げまどう。ぐんぐん押されて塀際へ……。あとは潰されるだけとなった時、小さな木のゴミ箱に触れた。父はとっさに蓋をあけ、娘をその中に押し込んだ。臭くて暗いゴミ箱の中であった。幼い娘は泣き叫んだ。「おとうちゃん、おとうちゃん、あけてっ」と、声も嗄(か)れんばかりに絶叫した。父はどっかと蓋の上であぐらをかいていたという。

どれほどか経って、父は我に返った。群衆は雲散し、あたりは下駄、靴などが散乱。いましがたの地獄絵の残骸に慄然とした。そしてゴミ箱から娘を抱き上げ、再び肩車に乗せて、母と生後百日を過ぎたばかりの妹の待つ家路についた。道すがら、父と娘はどんなに安堵したことだろう。父は肩車の娘をうながして歌い出した。きっと幼女の私も父と一緒に、やっと声が出たに違いない。

「おとうちゃん、あれ……が見える」

「どれどれ、うん、なーるほど……」

私は父の肩車の上で交わした会話の中の、「なーるほど」の父の声を今でも覚えている。

それから十年が経って、父は突然の交通事故死をした。女学校の一年になっていた私には、幼児のあの日、父と歌い語り合った道が通学路であることが感慨深かった。徳寿宮前の広場を毎日通学しながら、少女になっていた私には、臭くて暗いゴミ箱の中の恐怖も、父の思い出に繋がり、父の心の温もりを懐かしんだのだったが、あれから六十年の歳月が流れて目にした朝鮮の歴史の中の数行の記述では、「六・一〇事件」は、「三・一独立万歳事件」ほどのうねりにならずに終わった。

「純宗」の葬列の中から決起——の短い一行に、今にして李王の無残を思い、国を奪われた誇り高き儒教の国の悔しさが胸を衝くのである。

いま昭和が終わり、この二月二十四日には昭和天皇の大喪の礼が空前の厳戒の中で行なわれた。百六十三ヵ国の元首級の賓客が注目するなか、まずは滞りなく進行し、無事に終わった。

一九八四（昭和五十九）年九月に、時の韓国全斗煥大統領の来日があった。日本は中曽根内閣である。日本統治下から解放された一九四五年から四十年が経って、日本の天皇とは対等な関係として初の会見であった。

その歓迎会の席での昭和天皇のことばを、日本の植民地時代に触れた部分だけを記す。

――永い歴史にわたり、両国は深い隣人関係にあったのであります。この様な間柄にもかかわらず、今世紀の一時期において、両国の間に不幸な過去が存したことは、誠に遺憾であり、再び繰り返されてはならないと思います。

この記事を読んで私はひどく失望をした。果たせるかな、韓国の論調は一斉に反発し、「お言葉への期待」が大きかっただけに不満を洩らす人が少なくない。スポークスマンは「過去の歴史に対する明白な謝罪抜きで『誠に遺憾である』という表現で糊塗しているのは、はなはだ残念……」と述べ、あるいは「明白な反省を欠く表現」と大きなタイトルで、「両国の間に不幸な過去が存したというが、高麗以来、明治以降から日本の敗戦まで、朝鮮民族が不幸だったわけで、加害者の日本が不幸だったわけではない……」。ざっとこんな具合である。

この二月の国会本会議、予算委員会でも、戦争責任については後世の史家が評価するとの竹下首相の答弁に、中国、韓国の論調はまたもや沸騰した。毎回のように、国政担当の大臣たち、今回に至っては、総理の口から意図してかあるいは思わず本音が出たのか、侵略の事実を直視しようとしない。まして明確なお詫びの一言もなく、きまって中国、韓国の反発を買っている。

私は「サイレントマジョリティ」の一人である。ケシの一粒にも等しい立場である。何を言ってもごまめの歯ぎしりか、犬の遠吠えほどの効果もないが、私なりに知り得た事実を書いてみた。

私たちの世代は、皇国史観の歴史を史実としてきた学校教育を受けるしかなかった。史実すら黙殺あるいは抹消して水に流した一例が、この—李王無残—である。王族にしてこの有様。まして民衆に加えた日本の侮蔑と暴挙の数々は、言葉を尽して詫びても決して歴史上から消えるものではない。いま、不幸な時代を課した天皇の代替わりがあって、かの国はいう。——許そう。しかし忘れない——と。

鳳仙花(ほうせんか)とハルちゃん

七十六年の私の人生の中で、両親のもと何の屈託もない日々を過ごしていた韓国ソウルの住居のことは、今も眼裏(まなうら)を過(よぎ)る。その家は角地で、コンクリート塀に囲まれていた。庭にはちょっとした築山があり、日当たりのよい縁側の片隅に鳳仙花が咲きこぼれていた。

鳳仙花は、バラのように華やかな花ではない。ほろほろと赤い花びらが儚(はかな)げにいくつも咲いているのが可憐だった。切り花にして窓辺に置いてもそぐわない。庭の片隅に、はじけた種から芽生えて咲いて、短い韓国ソウルの夏の終わりを見せる素朴な花だ。

父が戦前に住んだ最後の家だから、私はまだ十〜十一歳ごろだった。色白できゃしゃな母は三十歳代。弟妹五人で家の中は終日賑やかだった。夏も終わる八月下旬の午後、弟妹たちは昼寝をしていたのだろう。私一人が縁側にいた。ハルちゃんが「ちいちゃん、指のおしゃれをしてあげる」と言う。

ハルちゃんは、韓国人の少女である。実家の口減らしのため、私の家の弟妹の子守り奉公に来ていたのだった。両親はハルちゃんと日本名を付けて、私とは姉妹のように扱った。

地面にこぼれ落ちた赤い花びらを拾ってきたハルちゃんは、母が用いる糠漬用の焼明ばんを花にまぶして揉み、私の爪の上にのせた。包帯を巻いて「しばらくじっとして」と言って楽しそうに笑った。そして二人で童謡を歌った。程なく鳳仙花の爪紅（つまべに）は私の爪を赤く染めて、解いた包帯から現れた。ハルちゃんは手を叩いて何か言った。いつまで経っても日本語がうまくならないのが、妹分の私にも可愛く映った。

そして鳳仙花の爪紅の素朴なおしゃれが、今も私の心にポッと赤く色どりを残している。

ハルちゃんはその後、嫁に行き、時々、自分の子をおんぶして母に会いに来た。そして半日遊んで帰った。終戦の八月十五日には駆けつけてきて「奥さん、敗けた日本に家はないよ。みんなも帰らないで。私がきっと隠してあげる……」と言って母に取り縋（すが）って泣いた。

あれから五十数年。可憐な鳳仙花にハルちゃんが重なる。

ライラックの花匂う道

ライラックの花匂う道は、ソウル・徳寿宮の裏木戸に沿った道だ。その道は、私の五年間の通学路だった。

ソウルの春は遅い。四月も終わるころから桜がやっと満開となる。続いてライラックが、五月になって花開く。薄紫の四弁の小さな花は、目の高さほどの木にいくつもの花房となる。高貴な色の中から馥郁（ふくいく）と芳香を放つライラックは、仏語でリラという。シャンソンなどにも歌われて、しゃれた語感がある。

徳寿宮表門の大漢門と宮殿は、李朝時代の格調高い離宮である。日韓併合（一九一〇年）によって僅か在位三年で廃位に追い込まれた「純宗」は、幽閉同然の日々を送って一九二六年に逝去された。その折の葬列が徳寿宮の表門を出た直後、二度目の「独立万歳」の騒乱が起こって、表門前の広場は阿鼻叫喚の地獄となった。さきほども書いた「事件」である。

葬列見物に行った私は、父の肩車に乗っていてその事件の渦中に巻き込まれた。

それから十年が経って、私は毎日、門の掲額「大漢門」を見ながら通学した。父の肩車の上から見た騒乱の跡。その父が、私の女学校入学後わずか半年で自動車事故死をした時の衝撃。また、李王無残の歴史に残る重い実体験が、徳寿宮周辺の思い出の中で抜き難く、今も生々しい記憶が残る。

花は見えないのに、裏門の中の塀際に、香り高くライラックは咲いていた。私は中を見たくて二、三百メートル先の学校の始業ベルを気にしながら背伸びをして歩いた。

裏木戸は堅く閉ざされて窺うすべもなかったが、純宗は、ご存命のころ花の香りに魅かれて、塀際まで歩み寄ったかもしれない。そして塀の向こうの欧米公使館に駆け込むことを夢想したかも分からない。

裏木戸の道の向かいは、欧州各国公使館の瀟洒な建物群が、侵しがたく高い門を構えていた。治外法権地域だったのか、静かな一帯だった。

私が通学したライラックの花匂う道の先に、もはや母校はない。いまやソウル指折りの好感度を誇る道は、若い人が肩寄せ合い散歩する。その点描は、李朝五百年の土塀と、エキゾチックな建築の外国大使館の背景がよく似合う。

ある特攻隊員の戦後

毎年、十一月になると「喪中につき、新年のご挨拶を遠慮申し上げます」のハガキが届く。こうして毎年、何人の友と今生のお別れをしてきたことか。

同級生だったUさんとは、お互い八十歳を迎えるいまでは、どちらが後、先になっても不思議ではないと、つい時宜を逸してしまったのだ。だから奥様からのご挨拶状には、思いがけないほどの喪失感があった。

「夫、Uは七月に……」の字に思わず息を呑んだ。

最後になったUさんとの電話は、今まで吐露したことのない調子で「ぼく、まだ生きていたよ……」と言うのだ。「何を言うの。あなたは死と紙一重の命拾いをしたのでしょ。もっと人生をエンジョイしなければ……」と、私と電話で言葉を交わしたばかりであった。あれは、死の予感があって、私との最後の会話になったのかもしれない。

電話の傍らで、お孫さんらしい幼児語が聞こえていた。三人のお子様のうちの一人と、二世帯住居での悠々自適のお幸せが目に見えるような、和やかなようすが伝わってくるような情景だった。「元気出そう。これからもゴルフを続けたい」というUさんの言葉に「次は私の方から電話するわね」と言ったのが最後となった。

その直後に、私の実弟が亡くなった。Uさんへの約束を忘れていたわけではなかったが、Uさんが息を引き取ったというその頃は、父の事故死や、敗戦で外地からの引き揚げなどの苦労を共にした弟の死に遭って、心うつろの日々を過ごしていた頃であった。

私たちの世代は、小学校だけが男女共学、それも三年生になると、男女は別々に組替えられ、遠ざけられた。そんな四、五年生のころ、Uさんは転校生として編入してこられた。

戦後、数年が経ったころ、クラス会が持たれた。その時、一人ずつ自己紹介をしたが、男性は皆、学業半ばにして兵役にとられたり、志願して特攻隊に入隊したりの極限の日々をくぐってきて、「いまこうして小学校の幼馴染みに会えたことが夢のようです」と言う。その本音が染み入るような同期会だった。

その時の一人、というより、その時の誰よりも衝撃を受けたのがUさんの話であった。「海軍十三期」はUさんが所属した「神風特攻隊」の名称である。当時二十一歳。少尉に任官していた。そして十八、九歳の少年兵と特攻機に搭乗して海に墜落。紙一重の差で死の淵（ふち）から救いの手が差し伸べられ、這い上がったのだった。

Uさんは志願して、海軍の特攻隊に入隊した。日本は南太平洋で制空権も制海権も完全に失っており、フィリピン沖でも、南太平洋諸島でも、アメリカの戦力の前では完敗していた。日本が誇る超弩級艦「武蔵」もフィリピンで撃沈されており、武蔵とは双璧の旗艦「大和」は、巡洋艦も駆逐艦のお供もなく、たった一隻で、最後の砦、沖縄に向かって、九州佐世保を出港した。が、目的地沖縄に辿りつく前に、夥（おびただ）しい敵戦闘機に捕捉されて、あえなく撃沈してしまった。片道だけの燃料を積んで、特攻隊も次々に還らざる出撃をしていた頃である。

Uさんは、出撃命令の出る前日、最後の調整をする目的で、静岡県藤枝基地から飛び立った。コースは焼津沖からUターンをして帰隊する目的で、玩具のような機に乗った。本番ではないので、誰かの見送りもなく淡々と飛び立った。操縦桿は十九歳の少年兵が握った。

焼津沖洋上は漁船が浮かんでおり、操業の最中であった。その時「教官どのっ」と少年兵が叫んだ。エンジンの調子がおかしいというのだ。Uさんは即、帰隊を命じ、洋上で方向転換をしたが、機はそのまま海面に激突。沈んだ。

その時、Uさんは何かで目を抉(えぐ)られ、気を失った。洋上の漁船が駆けつけなければUさんと少年兵は海に沈み、命はなかったかもしれない。

二人は漁師たちに救われ、担架に乗せられて病院に運ばれた。道々、並んで見送る人々は手を合わせてナムアミダブツ、と唱えた。Uさんはその時、意識が戻り「俺は生きている。俺は助かった……」と、大きく息をついた。


その年の八月十五日、終戦の詔勅を、Uさんと少年兵は病院のベッドで聞いたのだった。Uさんと少年兵の若い命は救われた。

Uさんはいつも黒い眼鏡をかけていた。前面からは見えないが、横から見える傷跡は、深くえぐられていて痛々しかった。問わず語りに「軍医が下手だったのだな」と静かに笑う。「命と引き換えについた傷だから、これでよかった……」というUさんの言葉に、神風特攻隊という死を覚悟の無残な犠牲を強いた戦争を目のあたりに見せられた憤りは、今も私の胸をしめつける。

それから六十年も経ったが、今でも、怒り心頭……の激怒を抑えることができない。

この事故には、「後日物語」がある。戦後も数十年たった最近、朝日新聞夕刊の「青鉛筆」の囲み記事に目を留めた。

いつの頃からか、焼津沖で漁をすると「海底の何かに引っかかって網が破られる」と仲間で噂が広まっていた。

戦時中に一機の特攻機が海に沈んだ。漁師達は二人の青年を救い上げ、病院に運んだ。その時の機体の何かが引っかかるのではないかと、当時働きざかりだった古老が言う。そして海底の障害物は引き上げられた。

海底からはエンジンが上がった。古老の言うとおり、故障して海中に突っ込んだ特攻機のエンジンだった。またその時、九死に一生を得たUさんと少年の今が報じられていた。

まるで使いものにならなかった特攻機だった。そんな機に乗って、あたら若い命を散らした事故は、他にもたくさんあったのではないか。運よくというか、運がなかったというべきか、二十歳の青春を喪(うしな)った兵士には、今は何と祈ってよいのか、言葉がない。

Uさんは、戦後の日本復興の担い手として働き、温かい家庭を築き、可愛いお孫さんにも恵まれた。

私たちの人生八十年。何もかもが、溶暗のかなたに消えていくのを見ているように、眼裏(まなうら)を過(よぎ)る今日この頃である。

古いピアノ

夫が逝って二年が経った。息子の家庭とはスープの冷めない距離に、マンションを借りて住んでいる。その一部屋に古いピアノが、今は弾き手のないまま置かれている。

ピアノは、当時五歳だった娘のために購入して四十四年が経った。その頃は戦後はじめての好景気「神武景気」に湧く前のことで、〝三種の神器〟といわれた洗濯機・冷蔵庫・掃除機もまだ揃わなかった時代である。夫の半期のボーナスが七万円というとき、二十万円のピアノを買うのはえらいことだった。

有り金をはたいて、足りない分は倹約して貯金して……という算段である。分不相応という気は全くなかった。娘の小さな手が鍵盤を走るさまを描いて心が逸(はや)った。ショパンの「小犬のワルツ」など口ずさみ、リサイタルには、私がロングドレスを縫って着せよう、と心が弾んだ。

ところが、半年後の納期までまだ五ヵ月もあるという時、ヤマハの特約店から電話が入った。「ご注文のピアノはまだ製造中ですが、完成寸前の一台にキャンセルが入って……。ご希望ならすぐお届けできるのがあるのです」というのだ。「実は宮内庁御用達だったので、木材のうちから特別に吟味した『響板』や、調律師もトップの技術陣が、入念に製造した滅多に出ない名器」という。

宮内庁注文のキャンセル。これには陰に潜んでいる事情があった。注文したのは、内親王の降嫁先の公家筆頭の鷹司家の当主が、親しくしていた女性の家で不完全燃焼のガスストーブで中毒死した、その人だった。その話題がまだ記憶に新しい頃だった。

そんなわけありのピアノを、と気後れはしたものの、「名器」の言葉に魅かれて購入した。その折の調律師は後に「人間国宝」になった名人である。年に二度出張してくる調律師はみな「手応えが違う。いい音色です」と絶賛していた。

五歳だった娘は、このピアノで私の望み通りの日に五〜六時間、音大受験には七〜八時間の「おさらい」をこなしてくれた。

娘は、音大入学と同時に買い増したグランドピアノを婚家先に運んだので、いわくありの古いピアノは私の手元にあるが、事情が許されるようになったら、「思い出の古いピアノは必ず私が引き取る」と言う。

今となっては、若き日の夫が、節煙してまで買ってくれた懐かしさがこみ上げてくる思い出の古いピアノだ。

（けんもちちえこ　一九二四年生まれ　二〇一四年死去）

満州ふたたび。黄土を歩き回った少女は、戦争はいやや、ほんとうにいやって言うんです

竹内　瀧子

何も話したくなかった

「満州で終戦になって、それからあっちへ行ったりこっちへ行ったりして帰るまでに三年もかかったの。あとから思えば大変だったけど、子どもだったからただ夢中で親について行っただけなのよね」

引揚船で一九四八（昭和二三）年七月に祖国日本に帰国した後は満州（現在の中国東北部）での歳月を誰にも話さなかったという杉野さんだったが、「ぜひ次世代へ語り継いでください」という強い願いを聞いてくださった。きっかけは二人である新年会に参加していて韓流ドラマに話題が移った時だった。

「朝鮮人のこと、あまり好きじゃないのよね。中国人もね」と小声で言う杉野さんの思いがけない言葉に驚いた。子どもの頃、家族と満州で生活していたが、朝鮮人や中国人に嫌な思い出があり、また尖閣諸島が自分たちのものだと一方的に主張する中国が沢山の船で領海を越えて来るのが怖いという。

それから間もなくして杉野さんの満州体験と向き合うことになった。二〇一四年二月、春にはまだ

間がある午後だった。

家族一緒の穏やかな暮らしができた最初の五年。突然それが崩れ、死ぬか生きるかの過酷な日々を送った三年間。杉野比奈枝さんは八〇歳を越えて初めて少女時代の封印を解いたのだった。

逃避行が始まった

――父は三重県出身の職業軍人で北にある間島省の琿春県の官舎に住んでいたの。野戦兵器廠に勤めていて、厳しい人だった。明治四〇年生まれ。毎日「軍人勅諭」を暗記させられたのよ。母も軍人の妻として厳しくて、弱音を吐かない人だった。昭和一五年のはじめにみんなで父の所へ行ったの。母と姉、弟と妹とね。私は小学校一年生の三学期。八年の三月生まれだからまだ六歳よ。冬だったのになんだか薄着で船に乗っていたの。

向こうは零下三〇度とか四〇度よ。だってロシアと北朝鮮がすぐだもの。姉と日本人小学校に行く時はフラノの厚地のコート着て、雪道歩くと雪の山がたくさんあるのよ。一つ上って降りるとまたあって。でも楽しかったわ。そういえば満人たちは綿入れの上着着ていたわね。それで寒さには耐えられたみたい。

当時生活は豊かで、戸棚は食糧やお菓子でいつもいっぱいだった。苦力(クーリー)と呼ぶ満人が毎朝オンドルの火を炊きに来たの。両親はよくしてあげていたわよ。学校には一日おきにお弁当を持って行ったの。羅津や清津へ修学旅行にも行ったし。

五年生になると授業は槍や薙刀持って戦争の訓練。六年生の時なんかほとんど訓練と、田んぼや畑へ行かされたわ。卒業式は教室の片隅で「海ゆかば」を歌ったのよね。卒業証書はなかった。昭和二〇年の夏、何日かは憶えていないけど朝ご飯食べている時に父が、

「ソ連が攻めて来る。橋が爆破されるから早く逃げろ!」

と外から帰って来て叫んだの。夕方には戻れるからというので急いで母が二食分くらいのおにぎり作って私たちが持たされて、みんな着の身着のまま飛び出したのよ。外は逃げる人でいっぱいだった。父は一年前に軍人を辞めて知り合いのいる滋賀県の満蒙開拓団に入っていたから、近所の人たちの世話をするって家族と同行しなかったのよ。父はそういう人。その時飼っていた犬はダメって言われて置き去りよ。ずっと追いかけて来たの。

開拓団の人たちと一緒に五キロ位歩いて、琿春河に架かる大橋へ来たらすでに橋は破壊されていて、やっと人ひとり通れる位しかなくて、沢山荷物を持った人は幾つか捨ててみんな夢中で渡って国民学校へ避難したの。その後、女学校へ移動させられたのよ。——

日本は中国と泥沼の戦いを繰り返し、さらに一九四一年一二月八日、ハワイ・真珠湾を奇襲し、太平洋戦争に突入していた。それ以前、一九三一年九月、関東軍が起こした「満州事変」を契機に日本が満州を占領して「満州国」とし、満人たちを追い出した土地を日本人たちに払い下げる移民政策を行った。そこで新天地を求めて日本各地から集まった「満蒙開拓団」の人々、二十七万人が生活していたのである。

ソ連が「日ソ中立条約」を一方的に破棄し対日宣戦布告をした一九四五年八月九日から、満州のあ

ちこちで日本人の大移動が始まった。この時、壮年男子は大半が召集されていて、避難する人たちは老人や女性、子どもが圧倒的に多かった。杉野さんたちへの第一報は神社で、すぐに避難先は二転、三転した。

ソ連軍が侵入する前に日本の関東軍が大橋を爆破した。杉野さんたちは落ち着く間もなく二キロ先の琿春駅まで歩かされ、薄暗くなる頃に何が何だか分からないまま大勢の日本人たちと貨物列車に乗せられた。詰められるだけ押しこまれ、身動きできない真夏の車内は大変な暑さだった。喉が渇いて我慢できない杉野さんは、姉と機関車の蒸気から漏れる滴を飲んだ。

二時間ほど揺られ、全員が降ろされたのは延吉駅だった。外は真っ暗闇。親子で別々の車両だった人たちが顔も見えない中で互いを呼び合う声が、今も杉野さんの耳に響く。その夜はみんな近くにあったコンクリートの大きな橋の上で寝たという。馬で橋を往復していた将校らしき人が、「日本は絶対に勝つから皆も頑張れ」と励ましてくれたそうだ。杉野さんは勇気をもらい、日本勝利を信じて疑わなかった。それが軍国教育をしっかり受けた子の現実。満州では最強の関東軍が守ってくれるから大丈夫と思っている人たちが大半だった。

その時、急に空が明るくなり、爆音とともにソ連機が照明弾を投下。空が真っ赤になった。琿春の方もやられたと大人たちが騒いでいた。ここから杉野さん一家の大変な逃避行が始まる。

「ソ連が日ソ中立条約の不延長を決定した一九四五年四月の段階で本来の軍事集団に復帰遷都したが、もはや時間遅れであった。四五年初頭から七月にかけての根こそぎ動員で、かろうじて頭数は揃えたものの、装備が貧弱で、満州国防衛を担うには余りに非力であり過ぎたのである。案にたがわず、

関東軍は短期間に爆破され敗戦を迎えることとなる。」（小林英夫『関東軍とは何だったのか』中経出版編集）

突然、ソ連が国境を越えて満州へ侵攻して来たことが何を意味するのか。それはかつて絶大な力を誇った関東軍の敗北、解体だった。形式的独立国家「満州国」の崩壊であり、国策だった満州開拓に夢を託した人たちが国家に捨てられ、難民として大地を彷徨う始まりだった。

ソ連兵がやって来た

――翌日の夕方、私たちは延吉国民学校の教室へ入ったの。一〇世帯くらい、もっとかな。家族ごとに場所を取ってようやく落ち着いたわ。日本人会の人たちの世話でおにぎりと氷水が出たの。向かいは憲兵隊の建物だった。後からどんどん避難民がやって来て廊下からしまいには縁の下まで住むようになったのよね。大変なのはみんな同じだから、共同生活がいやだとか思わなかったわ。

大橋で別れた父が船で河を渡って、泥水を飲みながら何日かかかって来てくれたの。「杉野はいますか」って大声で呼んで。そりゃあ嬉しかったわよ。

壮年の男の人たちは召集されているのに、父は前に太ももを怪我していたからね。一年前の六月に召集されたけど二〇日余りで帰されたの。でもその八月の夕方、突然スパイの警備につくようにと警察の指令が出て、毎晩、国境線まで行って真っ暗闇の中で丸腰で警備にあたっていたのよ。

日本が戦争に負けたことは憲兵隊の宿舎の広場で聞いたけど、ラジオがガーガー言っているだけで、天皇が何を言ったか分からなかったわ。でもひざまずいた大人たちがワアワア泣いていたのよね。

それからがすごかった。突然、学校の正門前に二、三〇人の壮年の朝鮮人たちがやって来て朝鮮の旗を押し立てるや、「日本人みんな出て来い」「お前たちはもう戦争に負けたんだ。この旗に謝れ!」と正座させられたの。

「この旗に万歳しろ!」と言われて立たされ、みんな泣く泣く従うしかなかった。「マンセー! マンセー!」

その夜から一日三個だった高粱のおにぎりが一個だけ。誰もがひもじくてね。その時誰かが、近くに監獄があるはずだ、まだ食べ物があるかもしれないって。夜になってから父たち大人の男性が数人で出かけて行ったの。戦争が終わったので監獄には人はいないけど、大豆が沢山あり、みんなで夜中に煮て食べたこともあったの。ほんの一時的だけど。——

大勢の人たちとの共同生活は始まったばかりだったが、この先、誰もがひもじさと闘わなければならなかった。そして想像もしていなかったソ連兵たちの恐ろしい行動に怯える日々がやってきた。国家に守られ、それなりに暮らしてきた人たちがいきなり無秩序の社会に放り出されたのだ。

——ロスケ(ロシア人の蔑称)が「ダワイ、ダワイ」と来るようになったの。ダワイって「出せ」という意味よ。日本人は時計とかいい物を持っている。父も胸ポケットの万年筆を取られたわ。

若い女たちは……強姦されたのよ。可哀そうだった。昼間、満人に案内させて若い娘たちに目を付けておいて、夜、連れ出したの。夜警団が「空襲警報! 空襲警報!」と叫ぶと、ロスケたちが来るという合図だったけどね。女の人たちは頭を丸めたり顔に炭塗ったりしたけど、ダメだった。並んで寝ている教室で被りものを取りマッチとローソクで顔を照らして見るからね。そのうち、昼間でもやるようになって、男か女か見分けるために外へ連れ出して裸にしたのよ。私は子どもっぽかったから大丈夫だったんだけど。――

杉野さんは途中で思い出すのが辛そうなとき、波立つ心を鎮めるようにじっと俯いていた。お姉さんは大丈夫だったんですか、と喉まで出かかったが口にするのは止めた。夏でも毛布を被って震えている杉野さんたちの様子を想像すると、まるで自分もそこにいて息を殺しているように感じた。そして何よりも杉野さんの思いをかき乱し、このまま聴き続けていいのかと葛藤した。

日本の敗戦により満州に住んでいた日本人たちは守ってくれるはずだった関東軍に見捨てられ、引き揚げの道程で言葉では言い尽くせない過酷で悲惨な体験を強いられた。春まだ浅い日に重い口を開いて三時間も話してくれた杉野さんにもっと訊きたいことが山ほどあり、四月早々再び時間を頂いた。

――ソ連の兵隊を初めて見た時は、大きいなあってびっくりよ。目が青くてね。女の兵隊もいたわよ。夜来て悪いことする人たちは、上の人には内緒だったんじゃないかしらね。教室は真ん中が空けてあって、周りにみんなが寝ていたの。ソ連兵がローソクの灯りで一人ひとりに近づいてくると、ドキドキよね。私らは母が連れて行かれると困ると思って、手をしっかり握ったの。一番入口に近い女性が強姦された。妊婦さんよ。妊娠していたのに。――

「外へ連れ出したんですか?」。私が聞く。杉野さんが答える。「その場! その場よね」と杉野さんは声を荒らげた。「見るな!」と父親が押し殺した声で言った。誰もが息を潜めていたという。緊迫した中で子どもや赤ちゃんは泣かなかったのかという私の問いに、「着の身着のまま、私たち。子どものことは全然憶えがないわ」と言った。着の身着のままという言葉をさらに重ねた。いまその意味を考える。空気を読まない質問だった。

すぐに杉野さんは気を取り直すように、陽気なソ連兵たちが昼間はその教室の空間でダンスをする様子を語った。日本人たちは皆笑って見ていた。手を取られて踊る人もいたそうだ。夜の強姦と昼間のダンス……その落差にどう反応すればよかったか。

ソ連兵の横暴ぶりは、満州体験を書いた有名作家の作品や民間人の手記などで知ることができる。ネット上では目を覆うばかりの惨状を綴ったものが散見される。杉野さん同様に、避難中の学校で見たことを、山梨開拓団の上田幸枝は「ソ連の兵隊はひどいものでした。あれは想像以上です。女性なんかも、男性でも手足を縛られてやられました」と語る。(『風の交叉点2――豊島に生きた女性たち』ドメス出版)

難民となった婦女子の集団がソ連兵や匪賊と呼んだ現地人の暴徒たちに襲われ、追いつめられて集団自決している。あらかじめ青酸カリを渡されていた人たちも多かった。

小さい子どもたちとの別れは数知れず

――学校には終戦後も二ヵ月位いたのかなあ。食べる物も無くて疲労で死ぬ人も出て、病人も増えてきたのよ。小さい子たちは飢えで次々死んじゃってね。母親が泣きながら校庭に埋めていたわ。その内に開拓団ごとにそれぞれ住んでいた場所に戻ることになって、日本人会の人たちが片方の軍足に高粱詰めてくれたのを一人二つずつ貰って歩いて移動したの。

ひどいのよ。校庭に埋めた子どもも連れて行けって。お母さんが懐に入れて抱き締めていたよ。新しく埋めたばかりの乳児は体中からお乳がポタポタたれてね。仕方ないからまた埋めてなるべく土を平らにして置いて行くしかなかったの。

学校を出た集団は百人か二百人か分からない。長い長い行列よ。私たちは琿春を目指して各開拓団ごとにまとまって歩き出したの。ソ連兵に見つからないような山道や畑の脇を歩いて日が暮れると河原で野宿よ。十月半ばでも満州の夜は冷えるのよ。朝になると毛布が朝露で重くて大変だった。食料は貰った高粱だけ。父が金盥を背負っていたので、河の水を汲んでおかゆを作ったの。発疹チフスとか伝染病にかかる人が多くなって死ぬ人もいたわよね。

満人や朝鮮人が高粱畑やとうもろこし畑に隠れていて、日本人の行列が通ると飛び出して来るの。大きなリュックの人を列から引きずり出すのよ。中身を奪って必要ないものは捨てていくから、歩いていると前の団体が襲われた時の訪問着や衣類なんかが散らばっていたわ。みんな口惜しくてもどうすることもできなかったの。――

杉野さんたちの集団は行けども行けども果てしのない黄土を行進し、誰も通らないような戦場跡を歩き、戦い尽きた日本兵やソ連兵が馬の死体と一緒に転がっている中を進んだ。彼らの軍服を剝いで身に纏ったりもした。人の亡きがらを見てももうひるむこともない。誰かが足を止めて穴を掘るということもない。皆ただただ必死で目的地まで急いだ。

琿春まで空腹を抱えながらの一〇日余りの道のりは何が起きるか分からない危険と隣り合わせの苦しい毎日だった。そんな中、丘の上から数人の日本兵が乾パンを投げてよこした光景を、杉野さんはしっかり記憶している。銃を持ったソ連兵たちに囲まれているのが見えた。シベリアへ送られる兵隊たちだったと聞いた。「ちゃんと日本へ帰るんだぞ！」と叫んでいたという。

この道程でも子どもたちが何人も餓死し、置き去りにされた。女性が産気づき、列から離れて出産後、すぐ殺したわが子を風呂敷に包んで立ち上がり、ふらつきながら列に入ったという。杉野さんの話は想像を絶する。

「餓死するよりは」と、泣きながら満人に子を差しだす母親。わずかな食料との交換に自分の空腹を満たすため我が子を売ったのではないかと悩み続けるのだ。

前述の上田幸枝も、移動の途中で幼子の命を注射で奪う母親を見て、「殺すよりは」と一歳の息子を満人に預けた。日本に戻ってその子を返してくれるよう手紙を書いたが、届くことはなかった。中国残留日本人孤児たちの報道に触れ、「写真を見るたびに同じような年恰好の人は皆あの子に見えるんですよ」と話している。いよいよ引揚船の出る葫蘆島に渡る時、子どもを海に突き落とす人もいたという。（『風の交叉点2――豊島に生きた女性たち』ドメス出版）

やっとの思いで辿り着いた琿春市は破壊され、開拓団の家々も杉野さんの家も焼けて跡形もなかった。とりあえず残っていた警察官舎に入って一軒に四、五世帯が住み、共同生活が始まる。ともに移動してきた人たちはハルビンや大連、奉天へ行くか、どこかの炭鉱で働くかを選んでそれぞれ散って行った。日本へ帰る当てもなく炭鉱で稼ぐと早く引揚船に乗れるかもしれないという噂にすがり、杉野さん一家はその後、数家族と一緒に北部の山へ登った。その炭鉱の名前はどうしても思い出せないという。

――炭鉱の中は湧き水がいっぱいで石炭掘りができない状態で、父たちはその泥水の汲み出しと機械の整備が仕事。冬の炭鉱の寒さと言ったら半端じゃないのよ。結局、父は騙されたの。危険がいっぱいの仕事なのに、報酬が凍ったジャガイモたった三個よ。経営者は満人。日本人に苛められたから、これまでの仕返しだって。日本人は満人や朝鮮人を下に見ていたからね。

寒さと飢えでバタバタ人が死んじゃって。土が凍っているので埋めることもできず、そのまま放置されていたの。沢山の死体を見て来たからもう麻痺しちゃったのかしらね。かわいそうとか考えられなかった。

そうそう、母は炭鉱で妹を産んだけど、食べるものがなくておっぱいが出ないじゃない。それでその子を満人に上げた。でもじきに死んじゃった。そうね、満人に子どもをあげちゃった人は多かったわ。死ぬよりましだって。

これだけは話したくないけど……、姉もすぐ下の妹も食料と引き換えに別々の満人の所へ行かされたのよ。私は姉と一緒だったけど、言うこと聞かないから帰されたの。母はとうとう乞食（現代は差別用語）までして食べ物貰いに満人の家を一軒一軒訪ねて、鞭で打たれたりしたの。

私は子守にも行かされたんだから。住込みの時は嫌でいやで、わざと寝小便して追い出されたわよ。そう、わざとよ。――

母恋しさに赤ん坊を背負ったまま自宅のある方へ近づくと、決まって背中の子が泣きわめく。自分も泣きたくなってしまったと苦笑する杉野さん。

――このままじゃ私たちも死を待つばかりでしょ。それから親子でいろいろな仕事をしたわ。父は中国語ができたから、知り合いの満人の世話で農家の手伝いをしたの。とうもろこしの実をほぐす仕事。帰る時は内緒でそれぞれがポケットに実を入れて持ち帰ったのよ。ずいぶん助かったわ。

それからじきに山を降りて、元琿春炭鉱の本社があった車庫に住むことができたの。満人の所にいた姉も逃げてきて一緒だった。父が仕事を探しに日本人会に行くと、偶然、同じ軍にいた金さんという人に会って手榴弾を作る工場に就職できたの。金さんは朝鮮人でそこの工場長だったのよ。

父は技術者として八路軍の手榴弾を作れということになって、元日本軍将校の官舎に家族で移ったの。姉は被服工場へ、私は雷管の筒を作らされた。火薬を筒に詰めるの。父が私を河原へ連れてって、自分で作った手榴弾の糸を引っ張って遠くへ投げるの。実験よね。私は離れた所から見ていたのよ。今から思えば危なかったわ。

気がついたら、着の身着のままで家を出てから二年も経っていたのね。――

ひたすら引揚船を求めて

一九四七（昭和二二）年九月、杉野さん一家に突然内地へ帰すという指令が出て、延吉へ送られた。船が来るまで八路軍の兵站部で休養することになったが、なぜか日本行きは一年先となり、家族で後方病院へ移動させられた。医師と看護師たちは日本人だった。

父と弟は炊事係。母親たちには布団作りや洗濯の仕事が与えられた。母も姉も体調を崩しがちだった。

杉野さんはストーブの火を消さないようにと寝ずの番をしたり、患者の見守りを担当。看護助手として傷ついた中国人の手当てをしたり、腫れた足を揉んであげたり、資格もないのにリンゲルの皮下注射までした。

その頃は八路軍に入れられ、共産主義の教育を受けていて、軍服を着て病院へ通っていた。八路軍と言えば、抗日戦の主力となって日本軍を攻撃した中国共産党軍である。

中国人の世話をするのはどんな気持だったかと尋ねると、この時十四歳の杉野さんは「そりゃあ悔しかったわよ。でも仕事だから」と言った。日本が戦争に負けて形勢が逆転し、中国人や朝鮮人の下で働くことになっても、家族が飢えずにいられることが一番大事だった。

――二三年の早春になってまた移動させられたのよ。今度はカマス工場。父と私が筵を織って、それを母がカマスに仕上げるの。できた分だけ賃金が貰えるので頑張ったわね。近くの朝鮮市場で買い物をするのが楽しかったわ。――

杉野さんにとっては幾つ目の仕事だろう。ただただ内地へ帰る日を待ちわびて藁埃にまみれながら頑張ったというが、フラノの暖かいコートを着て雪遊びをしていた小柄な女の子が、生きるためとはいえ、これほどまでに逞しく家族を支えるようになるとは驚くばかりである。

終戦後の秋から引揚船事業が始まり、中国や朝鮮半島にいた日本人は続々帰国したが、杉野さん一家はなかなかチャンスを掴むことができなかった。引き揚げを待つ人々は物を売って食いつなぐか、中国人や朝鮮人から仕事を貰うしかなかった。忍耐も限度を越え、先には死しかないと、中国人の妻や子どもになった人たちもいたのである。

――朝鮮の元山から引揚船が出るからと、日本人会から知らせが来たの。家族のいる人は優先的にだって。父はどこかからお金を工面して、中国人に預けた妹を引き取ったの。よく返してくれたわね。延吉から元山まで二両連結の列車に乗ったのよ。到着したらすぐには外へ出るなって。三日間かんづめ。窓から顔を出すなと言われてとても怖かった。朝鮮人たちに車内で身体検査をされ、持ち物いろいろ取られてほとんど着の身着のままで引揚船に乗ったのよ。母も姉も具合が悪かったわ。――

一九四八（昭和二三）年七月三日、日本を目指して朝鮮半島の元山港を出発した引揚船「宗谷」は杉野さん家族をはじめ、大連やハルビン、朝鮮からの引揚者一二〇〇人余りを乗せたまま舞鶴港を目前にして沖に停まることになった。

「アメリカに連れて行かれるのではないか」「今度はアメリカ兵が来て女たちを襲うかもしれない」などと船内ではさまざまな噂が広がり、自然にできていたまとめ役のような人たちが、それらの噂は本当かも知れないとみんなを下船させなかったのだ。やがて小さな船が近づきアメリカ人たちが乗り込んで来たという。通訳を介し、まとめ役の人たちが話し合いに応じ、噂のようなことはないと納得したので、引揚者たちは次々にはしけに乗り換え、平桟橋に上陸した。杉野さんも一歳の妹を背負い、両親と姉、弟やすぐ下の妹とともに桟橋を揺らして祖国の地を踏みしめた。渡満から八年五ヵ月ぶりの祖国だった。（「宗谷」引き揚げ月日・昭和二三年七月六日、乗船人数・一二八二人、一般邦人・一〇三五人『舞鶴史』）

――あちらで生まれた妹がまだ二人いたのよ。産めよ増やせよ、の時代だったからね。でも終戦前に病気で死んじゃったの。そうね、私たちも残留日本人孤児になるかならないかなんて紙一重だった。引き揚げる時に、預けた子どもを迎えに行ったら、「マーマ」と満人の親にしがみついて近づいて来ない子もいたのよね。――

「残留日本人孤児」は敗戦後の満州で逃避行の途中で親とはぐれたり、置き去りにされたり、または中国人に引き取られた日本人の子どもたちのことである。

生と死もまた紙一重。幼い妹たちとの死別という悲しみを抱きながらも、残りの家族が離れ離れにならず帰国できたのは幸いだったというべきかもしれない。しかし、杉野さんの戦後の哀しみと苦悩は舞鶴で終わりとはならなかった。

満州の黄土を彷徨い、あちこち転々としながら苦労をともにして来た姉が、正月を待たずに三重県の国立病院で一八歳の命を閉じたのだった。

朝鮮半島北部平壌から一九四七（昭和二二）年に引き揚げて来た、作家の五木寛之は言う。「戦争も、敗戦も、記録としては単なる歴史のひとコマである。しかし、現場にいた人間たちは、命を失ったり、生涯、消えない記録を刻印されたりする。それは運命としか言いようのないものだ。」（『運命の足音』幻冬舎）

一五歳の五木は病気の母親がソ連兵にブーツで踏みつけられ、寝ていた布団ごと縁側から庭に投げられるのを、父と自動小銃を付きつけられたまま見ていた経験を持つ。「やがて母が死んだ。たらいに水を張り、父と二人で遺体を洗った。」（同前）

作者が作品にするには五七年間の歳月を要した。戦後七〇年、閉ざしていた口を開いた杉野さんの体験もまた運命としかいいようがないのだろうか。

……もう二度と戦争はいやよ。

杉野さんの言葉は重い。このたった一言でいい。次世代へ繋げる大きな価値がある。

好きに書いてくれていいのよ

ソ連侵攻から引き揚げまでの悲惨な満州体験談や書物は枚挙にいとまがない。逃避行やソ連兵の横暴さの記録はステレオタイプだとして別の側面から体験談をすくい上げた本もあるが、一〇〇人いれば一〇〇通りの人生があると言われる経験を書き残すことの意味はあると思う。

聞き書きは時に語り手の記憶違いも生まれる。実際、杉野さんにもそれはあった。本来なら旧満州の地を歩いて記憶の検証をするべきなのかもしれないが、今回はほぼ本人の言葉に頼り、書物や資料を参考に綴った。

語りには一度も「絶望」はなかった。「ただ夢中だった」と言うが、飢えと隣り合わせの場面には仕事を紹介してくれる父の知人たち――満人や朝鮮人がいた。カマス作りは見知らぬ朝鮮人が教えてくれたという。父のお陰で、敗戦まで日本が支配していた国の人たちが助けてくれた意義は大きい。彼らと父の信頼は揺らいでいなかったのだ。

やっぱり朝鮮人と中国人は好きじゃないですか、という問いかけはもうしなかった。

杉野さんの話を聴いて数日後、ほとんど衝動的に舞鶴湾とかつての引揚桟橋、引揚援護局が見える「舞鶴引揚公園」に立った。どこまでも青い空、鏡のような光る海、満開の桜。たったひとり丘の上で引き揚げの様子を、たとえば「宗谷」からはしけに乗り移る杉野さんたちや桟橋に上陸する人々、日の丸を振って出迎える人たちを、モノクロフィルムの映像で思い描いてみた。

辺りは何ごともなかったように静まり返っている。記憶のないことをたぐり寄せながら、そのあまりの静けさに気が遠くなりそうだった。

——話した日はいつも眠れなかったわ。いろいろ思い出すのよ。死体がゴロゴロしていたり、お母さんが校庭で子どもを掘り起こしたりしたのを。だからずっと話さないようにして来たの。——

何度目かの出会いで杉野さんにそう言われた時、人の人生に関わることへの気づかいを決して忘れないようにしようと思った。

——全部本当のことだから、好きに書いてくれていいのよ。——

思い出したくなかったという語り手の痛みを抱えながら、それでもなお大切な記憶や言葉と言葉の間で揺れる感情に向き合い、風化させないように記録して伝えて行きたい。戦後七〇年、日本が再び戦争の出来る国に舵を切ろうとしている今だからこそ強く思う。

（たけうちたきこ　一九四六年生まれ）

「二・二六事件・消えた裁判記録」を発掘した伯父と、沈黙を貫いた近衛師団将校の祖父が「戦争を知らない私」を刺激します

原　美和

一九三六年（昭和十一年）二月二十六日。数日前から降り続いた雪は三十センチを越えて積もり、東京の街を白く覆っていた。

旧制高校受験を控えていた私の伯父は、いつものように上野の図書館に籠り、朝から勉強していた。伯父は六人兄弟の長兄、十五歳下の私の父は末弟である。

夕方、顔見知りの学生が興奮した様子で図書館に飛び込んで来て言った。

「大変だ。政府の要人宅が襲撃されたらしい。三宅坂の陸軍省から議事堂にかけて霞ヶ関一帯は、軍隊が出動して交通を遮断している」

何か大きな事件が起こっていると知り、図書館にいた学生達の間にも不穏な空気が流れたが、その日は詳細は分からず、新たな情報は得られなかった。仕方なく伯父は閉館まで受験勉強を続け、夕方、上野を出て通常通り山手線で自宅がある板橋町に向かった。

しかし、事件が気になって帰宅前に友人宅に寄り、そこで「今朝、電車に乗ったら、狭い車内に鋭い短剣を先端に装着した銃を持った軍人がいて恐ろしかった」という話を聞く。友人がその朝、目撃した軍人は、戦場での軍規に倣った軍の伝令が銃剣を携帯したまま、通勤客で混雑する電車で営外に

居住する将校の自宅に事態を報告するべく向かっていたものだった。東京の街は戦場と同様の厳戒態勢が敷かれたということである。

深夜になり、やっとラジオから「武装した青年将校らが首相官邸、重臣私邸、他を襲撃。第一師団に戦時警備が命ぜられた」と放送された。

翌日、伯父は朝一番に上野の図書館に行き、新聞閲覧室に入った。いくつかの新聞は紙面の一部が真っ黒に塗り潰され、削除されたまま発行されていたが、それでもなんとか事件の概要を掴もうと必死で記事に見入った。

市民には詳細な情報が伝えられないまま迎えた二十九日、東京は交通が全面停止となる。外出が出来なくなった伯父は終日、ラジオに噛り付き、ニュース放送に聞き入った。

反乱軍となった一部の青年将校が部隊を指揮して政治・軍事の中枢である総理大臣官邸、陸軍参謀本部、警視庁等を占拠。

軍の鎮圧部隊と衝突すれば麹町付近にまで戦火が及ぶ可能性もあると、近隣住民に避難命令が出て緊迫した状態が続いた。

しかし、その日の午後、急速に事態は治められる。反乱軍は帰営し、交通規制は解除。避難した人々も帰宅が許された。そして「岡田首相生存」のニュースが発表され、市民は安堵し胸を撫で下ろした。

四年後、大学の法学部に進んだ伯父は在学中の一九六一年（昭和十六年）に出征し、陸軍法務官として戦時下の中国各地からニューギニア方面を転戦。セレベス島駐留時に終戦となり、一九四六年（昭和二十一年）に復員する。抑留中の飢えと過労で出征前より体重は二十キロ落ち、やせ細ってすっかり変わってしまった風貌に、生還を驚き喜んで駅まで迎えた家族も、別人と見間違えたほどだった。

五年振りに祖国の地に立った伯父は、見渡す限りの焼け野原を目の当たりにし、「なぜ日本はこんな戦争をしてしまったのだろう」と、心の底から怒りが込み上げて来るのを感じた。軍はなぜこのような誤った道に日本を導いたのだろう。そして同時に、軍が政治の表舞台に登り、日本を戦争へ引きずり込むきっかけとなった「二・二六事件」を思い起こした。

その後、弁護士として再出発してからも伯父は二・二六事件にこだわり続け、終戦後「消えた」とされていた裁判記録を発掘、検証し、一九九〇年（平成二年）、匂坂哲郎氏（二・二六事件を裁く東京陸軍軍法会議で検察官を務めた匂坂春平の長男。父が軍用行李いっぱいに秘蔵した資料を一九八六年に公表した）、澤地久枝氏（「匂坂資料」をもとに二・二六事件を詳述）と共に「検察秘録・二・二六事件」全四巻（角川書店）を、続いて一九九五年（平成七年）に自らの見解を綴った「二・二六事件軍法会議」（文藝春秋）を上梓した。

私は伯父の本を手にし、およそ七十年前の東京や私の祖父母、家族が辿った日々に想いを馳せた。一番に浮かんだのは母方の祖父の事だった。私が小さい頃からいつも側にいてくれた人だ。穏やかで優しい人だったが、躾は厳しかった。

いま私がスポーツ・ニュースをチェックする時に大相撲の結果まで気にするのも、iPodに落語を入れて楽しんでいるのも、子どもの頃祖父の膝で一緒にテレビを観て育った影響だ。

祖父はかつて近衛師団の将校であった。二・二六事件の日、祖母は赤ん坊だった私の母を背負い、幼い長男の手を引いて赤坂にあった自宅から着のみ着のまま避難させられた。第三連隊付で皇居内に勤務していた祖父と連絡をとる術もなく、不安な四日間を過ごした。祖父は当時三十七歳、祖母は三十五歳である。

このいきさつについて、私は祖父から直接話を聞いた事はない。故郷の誇りを胸に勤めた近衛師団の内部からクーデターが起き、次第に黒い雲がゆっくりと空に広がって行くかのように、日本は戦争へと向かっていく。

祖父はその時、何を予感し、何を思ったのだろう。

歴史的事件は当事者だけでなく、同じ時代に生きた全ての人に何らかの影響を与えている。伯父が残した出版物は歴史的資料であると同時に、一九三六年（昭和十一年）二月二十六日に焦点を合わせる事で、私が生まれるより三十年以上前の私の家族の肖像を掘り起こして、現在を生きる私の前に見せてくれたのである。

祖父と過ごした子供の頃の幸福で平和な日々。それは祖父がそれまで歴史の渦に翻弄されながら生き延び、歩んできた道程の上にあったものだ。

私はそのことを知り、家族を繋ぐ長いひと筋の道を感じずにいられなかった。

（はらみわ　一九六七年生まれ）

私の幸せは、七十歳を過ぎても、社会や政治の問題を話し合う仲間がいること。感謝です

面来　比佐子

家族の五十年、語り合える幸せ

私たちは大学の小さなサークルで出会い、卒業と同時に結婚して、昨年で結婚五十年になった。独身の長男が「ぼくは妹のように親に孫の顔を見せてあげられないから、お祝いはこれで我慢してね」と言って、旅行に連れて行ってくれた。上高地帝国ホテルに二泊して、梓川や河童橋、田代池、大正池を三人で見て歩いた。

孫へのおみやげを持って長女の家へ行くと、長女の夫が「次はぼくたちが箱根の山のホテルへご招待しますよ」と言ってくれた。

私たちは幸せな家族、幸せな夫婦なのだ、となんだか不思議な気持ちになった。若いころは夫も私も、結婚して子どもが二人生まれてからも、人生の目的は幸せな家庭を築くことだなどとは考えていなかったのだから。それでは、何が人生の目的だと思っていたのか、と聞かれるとよく分からないのだが。

夫は中学、高校と東京の私立男子校、私は横浜の私立女子高で六年間を過ごした。中央大学法学部

に入学して、お互いに珍しかったのだろうね、と言っている。

私たちがいたのは、ＹＭＣＡというキリスト教のサークルだった。ちょうど六〇年安保の時代で、聖書の話から明日のデモに参加すべきかどうか、という議論になることがよくあった。

夫は大学入学と同じころに、プロテスタントの洗礼を受けていたが、宗教とは相容れない社会科学の本を読む会にも入っていて、デモに行っていた。

あのころは、みんなで本当によく議論をしていた。私は聞いているだけで、なかなか話の中に入れなかったが、それでも大学生になったのだ、という実感があった。学生のころの友達が今も続いているのは、ありがたいことであると思う。

夫は子どもが二人生まれたあとも司法試験の勉強を続けていた。その間にアルバイトで通っていた魚市場の仕事がいつか本業になって、退職したときは七十歳になっていた。夫が受験生だったころは、当然貧乏暮らしだったが、二人の子どもはなんとか無事に育ってくれた。

「魚市場は面白いよ。働いている人がみんな個性的で」と夫は言っていたが、なかなかきつい職場だったと思う。辞めるとすぐに身体のあちこちに不調が出てきた。それを一つ一つ治すのが目下の仕事である。「辞めたら毎日本を読んで、音楽を聴いて、孫と遊んで忙しいよ」と言っていたのだけれども。

一緒に勉強して弁護士になったＴさんから夫へ、最近の社会問題や政治についての勉強会の記録が送られてくる。前回は在日の評論家・辛淑玉の講演と討論の会だった。ヘイト・スピーチを取り上げていた。

やはり夫の学生時代の友達で、俳句の会をやっている人は、いつもその会の月報を送ってくれる。

最近のものに俳人清水基吉の、

戦あらば孫を隠さむ初灯

という俳句が載っていた。私はこれを来年の年賀状に使おうかな、と思っている。五十年はあっという間ではなくて、とても長かったと思う。そして私の幸せは、世の中のことや読んだ本について話し合える人が、身近にいてくれることである。

父のこと

父は青森県の北津軽の生まれである。女子五人、男子五人の十人きょうだいの次男で、祖父は小さな村の小学校の校長先生だった。

上京して中央大学法学部（夜間部）に進学した。在学中に縁あって母と結婚して、私が生まれた。次男の父は、それから故郷の津軽へ帰ることなく、妻の両親と同居して、そのまま横浜の人になった。

父は大学を卒業して、会社員になるとすぐに召集されて満州へ送られた。けれども、なんとか無事に復員することができた。満州での戦争体験は辛いものだったに違いないのだが、父はほとんど語ることはなかった。

戦地から戻ってきた父は、また同じ会社で働きはじめたが、なぜかすぐに辞めてしまった。旧財閥系の名のある会社だったから、母はそれが不満で仕方がなかったようだ。「私はサラリーマンの妻になりたかったのに」とよくこぼしていた。

戦争体験は父の心に何を残したのだろう。終戦から間もないころは、普通のおじさん、おばさん達も、よく政治や戦争についてのおしゃべりをしていたものである。

やがて世の中が落ち着いて、物資も出回るようになると、人々は政治や社会問題について語り合うよりも、マイホームを建てることのほうに夢中になっていた。そんな風潮に父はなんとなく取り残されたような気分でいたようだ。

小さなアパートを建てて、それで生活しながら、「いつか青森に帰って、選挙に出るつもりだよ」と言うのが口癖だった。でもそれは実現しなかった。

昨年、私は高村薫の『新リア王』を読んだ。『晴子情歌』に続く長編小説。ヒロインの晴子が嫁いだのは、青森県の名家の三男で、夫の兄である当主は、保守党の国会議員である。

青森県の政治家の家の話だ、と私は父のことを思い出しながら読んでいた。

私には印象的な場面があった。それは帰宅した当主を囲んで、義弟の議員秘書、いとこ、長男、晴子の息子（実は当主と晴子の不倫の子ども）などのごく内輪の男たちが集まって食事をしているところである。

このメンバーが集まるときは、よく本の話が出るが、この日の話題は「トクヴィル」だった。そうか、エリート政治家の家族は、いつもいつもお金や派閥の話をしているわけではないんだ、勉強しているんだ。でも、「トクヴィル」ってなんだろう。私は知らなかった。

ちくま学芸文庫に、小山勉『トクヴィル　民主主義の三つの学校』という本があったので、読んでみた。

トクヴィルは古い家柄の貴族で、一八〇五年にパリで生まれた。政治家で、政治学者である。民主主義の理想をかかげたフランス革命によって共和制になったはずのフランスは、その後はナポレオンの帝政、王政復古、第二帝政、第二共和制と、変転きわまりなく争いの絶えない状態が続いていた。

一八三一年に、トクヴィルは友人とともにアメリカへ赴いて、一年間にわたってこの国の社会と政治の状況をつぶさに観察した。

トクヴィルがアメリカから学んだこと、それは民主主義の政治を担うのは、知識と公徳心のある市民であり、そのような有徳の人を育てるのは三つの学校、すなわち地方自治と陪審と結社である、ということだった。そして三つのうちで最も大切なものは地方自治で、トクヴィルは地方自治を「民主主義の小学校」と言っている。

アメリカは、独立宣言をして一つの国になる以前から、各地方に自治の組織があって、人々はその中で個人の自由と公共の福祉について、常に学び実践してきた。

しかしフランスでは、古い王制の時代にはあった地方自治の精神が、革命の後には国の財力も権力もパリに一極集中して、政治体制は変わっても、国民は国家に頼るもの、という風潮が出来てしまった。それが問題である、とトクヴィルは考えた。

人間にとって最も大切なものは「自由」であり、その「自由」を守るためには、自分が属している地方自治体や国の政治に、進んで参加しなければならない。そして、参加する市民は、常に民主主義の三つの学校、地方自治・陪審・結社（政党）について学ばなければならない、ということである。

民主主義とは選挙のことだ、と私は考えていた。でも、民主主義は社会を構成する市民の精神の問題なのだった。

一八三五年に、トクヴィルが一年間の見聞をまとめた『アメリカの民主主義』が出版されると、フランスだけでなくヨーロッパ中で大きな反響を呼んだそうだ。一九世紀のヨーロッパの人々にとって、新しい国アメリカは民主主義の先進国だったのだろう。

ところで、父はトクヴィルを読んだだろうか。多分読まなかったと思う。

父は長い間、政治の世界に憧れていたのに、ついに何の接点も持てなかった。でもそれは父にも責任があって、父はあまり本を読まない人だった。青森の片田舎とはいえ、自分は教育者の家に生まれて、東京の大学を卒業しているという自尊心が強くて、人から何かを学ぶことが苦手だった。

けれども今ならば、生きていれば百歳になる父と七十四歳の娘ならば、「トクヴィルとか高村薫とか、なかなか面白いよ。お父さんも読んでみたら?」という会話が出来そうな気がする。

白井聡、『永続敗戦論』。もっと読もう

孫がやってきた。ジーたんにおつまみのケンサキスルメをもらってかじっている。「おいしい?」ときくと、「うん、たまには固いものも食べなくちゃ」と言う。家でパパやママに言われているらしい。

そうだよね、バーちゃんもたまには固い本を読まなくちゃ。それで白井聡『永続敗戦論』を読んだ。

あまり難しい文章ではなかったので、読み通すことはできた。でも考えさせられる内容である。筆者は一九七七(昭和五十二)年の生まれ。うちの子どもたちよりも若い。

ヘイト・スピーチとか、ネット右翼とか、若い人たちについて私はあまり良い印象を持っていない。でも、当たり前のことだが、現在の日本の政治について厳しい批判をしている若い人もいることが分かった。

日本はアメリカと戦争をして負けた。そしていまもアメリカに負け続けている。でも、政権党にいる政治家はそれを国民に分からせないように、そして自分もわからないようにしているのだ、と筆者は考える。日本の国民はそのことに気づかなくてはいけない。

沖縄の辺野古への基地移設問題でも、以前テレビで「日本はアメリカの植民地みたいなものですから」と言ったある自民党のおじさんの言葉が、冗談ではないことがよく分かる。

久しぶりに真面目な本を読んだ。これからもっと読まないといけない。

ジョン・ダワーも、もっと読もう

ジョン・ダワー『敗北を抱きしめて』（三浦陽一訳）を読んでいる。分かりやすい文章で、とても面白い。

戦前から戦後の歴史について考えるとき、いつも不思議でならないのは、アメリカを相手に無謀な戦争をはじめて、敗けると今度はどこの国よりもアメリカと仲良くなった、ということである。日本が真珠湾を攻撃し、アメリカは広島と長崎に原爆を落とした。それがいまや世界で一番仲良しの国って、やっぱり変だと思う。

今読んでいるのは、新しい憲法が制定されるまでの、日本とアメリカの人々の動きである。天皇制を残したのも、戦争放棄の条文を入れたのもアメリカの国益のため、というミもフタもない分析に感心する。もちろん前文の理想主義は素晴らしいもので、男女同権、言論の自由など、戦前の日本にはなかった基本的人権を認める民主的な憲法を作りたいという意欲を持った人々が、日本にもアメリカにもいて出来た憲法でもあるのだが。

今、安倍内閣は、アメリカから押しつけられた憲法を改正して、さらにアメリカと協力して戦争のできる国にしようとしている。そして、アメリカもそれを期待しているのだ。日本だけでなく、アメリカだって変な国である。

国家は国民を守るためにあると思っていたが、そうでもないらしい。自分の国を動かしている権力者の真意を、いつも疑いの目で見ていること、それが民主主義の国の国民としての大切な義務のようだ。

人類は「核」と共存することはできない

岩波現代文庫の『高木仁三郎セレクション』を読んで、私にも少し分かったこと、それは核開発の技術は人類にわざわいをもたらすものであり、人類と「核」は共存できない、ということである。

二〇世紀の科学技術は、その大部分が戦争によって発達したものである。非常に効率よく人を殺せたり、大量に国土を破壊できたり、攻撃に強かったり、という強さとか速さとかが技術の価値の基準になっている。それが軍事技術である。

安全は二の次で、あとのゴミの始末も考えず、基本的に刹那主義である。そして個人に対しては抑圧的で、反人権的な性格を持っている。

その軍事技術を平和的に利用しようとして、さまざまな問題が出てきているが、その最大のものが原発である。

原子力の平和利用は可能なのか。高木仁三郎は、それはあり得ないと断言している。一九九六年に発表された「核の社会学」という論文で、核の存在や開発の歴史について彼は次のように述べている。

「核エネルギーの利用というのは、軍事利用にせよ、民事利用にせよ、原子核の安定性を破壊して、核子の結合エネルギーを解放して取り出す行為である。核子の結合エネルギーは、一結合当たり数百万電子ボルト以上になるから、化学結合のエネルギーとは桁違いである。その大きさの故に少量の物資の燃焼（爆発）によって桁はずれに巨大なエネルギーが放出される。これが核兵器の恐るべき破壊力であるが、単に破壊の大きさだけでなく、核エネルギー利用は、私たちの住む日常世界の依拠する原子核の安全性をむしろ積極的に破ることによってエネルギー上の利便を得ようとする。その本質において破壊的、暴力的であり、非平和的なのである」

原子力による発電ができるとはじめて聞いたとき、誰もが原子力と言えば原子爆弾のことではないかと疑問に思ったものだが、その不安な気分は正しかったのだ、と今は思う。

高木仁三郎は、地震国である日本に原発を作る危険について、発言を続けてきた。二〇〇〇年十月に亡くなられているが、まるで今、目の前で二〇一一年三月十一日の震災の現状を見ながらの発言ではないのか、と錯覚してしまうほどである。

「核廃絶」と聞いて、核兵器をやめさせる運動だな、それは大事なことだ、となんとなく考えていたけれども、核エネルギーの利用を、たとえ平和利用とされていても、すべて廃止しなければならない、とようやく私も気がついたところである。

原発は怖い。本当に怖い

長男は今、福島県矢吹町で一人暮らしをしている。そこは福島第一原子力発電所から六十キロのところである。東北大震災のときは震度6の地震で大揺れに揺れたが、さいわい会社もアパートも倒壊を免れた。

彼は横浜の家に帰ってくるといつも二階のベランダから外を眺めて、「相変わらず無駄に明るいね。この電気、どこで造っているか知っている?」と言っていた。家の二階からは、みなとみらい地区のランドマーク・タワーや、観覧車がよく見えるのだ。それを聞いても私はあまり気にしていなかった。

昨年(二〇一一年)の大震災と原発事故で、はじめて私は日本に原子力発電所がすでに五十四ヵ所もあることを知ったのである。なんという迂闊な私だろう。

長男のN夫は、大学では化学の勉強をしていた。いつか「原発ってやはり危ないの?」と聞くと、「理論通りに動いて、全く事故が起こらないなら、原発は安くて良いエネルギーを大量に造ることが出来るんだよ。でも、絶対に事故が起きないなんて考えられないし、一度起きたらその被害はものすごいことになるからね」と言った。それでも私は、頭の良い人が大勢集まって考えているのだから、たぶん大丈夫じゃないかな、と思っていたのだ。

昨年の大津波も恐ろしかったが、原発事故は人が造ったものだから、そのこわさはまた自然災害とは違う大問題である。これからはいつも、頭の片隅に、時には頭の中心に、セシウムとかプルトニウムという言葉が浮かんでくる生活が続くのだろう。

救いは、不安な気持ちを話し合える場所があることだ。今、『高木仁三郎セレクション』という本を読んでいる。しっかり読んで、自分の感想を報告したい。

お出かけはいつも病院

同窓会の先輩から「ゴールデン・ウィークはどこかへ行くの?」と聞かれた。「どこへも行かないわ。このごろ二人で出かけるのは病院だけよ」と答えると、「いいじゃないの、病院だって。二人で出かけられるのが仕合わせよ。うちみたいに一人になったら、温泉もつまらなくて」と言われた。なるほどそうかもしれない。

それにしても、昨年、今年と私たちは病院通いが続いている。

昨年は結婚五十年の年だった。今まで二人とも大病もしないで、それが何よりだったね、と言っていたのに、昨年夫は生まれてはじめて手術を受けることになり、私もころんで手首を骨折したり、今年は右肩を骨折したり、という騒ぎである。「これが年を取るということだよ」と、夫は悟りを開いているらしいが、私はまだまだ納得できない。

二月の右肩の骨折は、リハビリのおかげで全治して、四月の同窓会総会には無事に出席することができた。

それなのに、今月になって庭に水を撒こうとして、またころんでしまった。右肩が痛い。夫について来てもらって整形外科へ行った。「骨折ではありませんよ。痛みは自然となくなるでしょう」と、はり薬を沢山いただいてきた。たしかにこの前の骨折の時ほど痛くはない。でも私はなんだか情けなくて、泣きたくなった。

「バーちゃんはまた肩が痛くなって、いっしょに遊べなくなったよ」と、孫に電話をかける。

「熱中症かもしれないから、気をつけたほうがいいよ」と、夫が言う。このごろ私は、冬よりも夏のほうがつらいと思うようになった。それも老化の一つだろうか。

でも、良いこともある。夫が今までいやだ、いやだと言い続けていたのに、ようやく眼科へ通うようになった。まだ問題は解決していないけれど、前向きに善処します、というところか。

気持ちを取り直して、また病院へお出かけしよう。

（めんらいひさこ　一九三九年生まれ）

第2章

本気で生きると
見えてくるんです

川柳の世界をさまよう

私たちは、ときどき、川柳を楽しみます。こんな短いことばにこんな豊かな意味をこめられるんだ、と勉強になるのです。

◇いい夫婦　今じゃどうでもいい夫婦
◇何かをね　忘れたことは覚えてる
◇携帯と　亭主の操作は　指一本
◇孫が来て　急に良くなる夫婦仲
◇上司より　難攻不落　嫁の許可
◇厚化粧　そう言うあんたは　薄毛症
◇次の世で　亭主に逢ったら手だけ振る
◇冷蔵庫　奥へ行くほど　ミステリー
◇死ぬ人が　いなくなりそな　健康誌
◇待合室　患者同士が　診察し
◇すぐキレる　妻よ見習え　LED
◇入れ歯取れ　きゃりーぱみゅぱみゅ　言えた祖父
◇妻と子に　話しかけたが　独り言
◇オスプレイ　何の競技と　孫に聞く
◇この日本　一途の光　ノーベル賞
◇やってみろ　「主婦はいいな」と　言う夫
◇ざまあみろ　母子おきざりの　雨ゴルフ
◇福祉より　薬が生んだ　長寿国
◇手作りと　偽りレトルト　二〇年

（勝手に選んだ句。出典は「サラリーマン川柳」「永六輔『大往生』」など）

被災地をめぐる、懸念を聞く、「酷」に気づく、身障の子と音楽の深いかかわりに驚く、「いちじくの家」を回顧する。そんな歳月なんです

松樹　偕子

井上ひさしさんの歌を見つけました

胸を痛めながら大震災の被災地を訪ね歩いています。怒りと感動を迫られます。あの直後、仙台を訪れる機会があり、生々しい傷跡を見ています。いまも記憶に新しい。土の中に埋まっていたはずの大木の根っ子が天を向いている。ビルの屋上に大きな漁船が乗り上げています。ものみななぎ倒されている墓地に真新しい墓石が見える。痛々しい。東北の方々はとりわけ先祖への思いが深いのです。街の交通信号機から音楽が流れてきます。

「♪名も知らぬ遠き島より……」

思わず涙してしまいます。

語り部から生々しい話をたくさん聞いてきました。最後まで避難を呼びかける放送を続け、波にさらわれたあの女性。父よ、母よと呼ぶ小学校低学年の子どもたちを少しでも安全な場所に誘導しようとした高学年の子どもたち、練習を重ねていた卒業式の歌を誰からともなく歌い出したとか。そのときの歌は二度と再現できない響きだったに違いない。行けども行けども人間も人間の営みもすべて呑

み込んでしまう自然の猛威の続くなか、やっと開店したという仮設の店を訪ねたとき、戸を開けた途端、私たちを迎えた歓迎の声。「ありがとう、ありがとう、がんばるから」と私の手を両手ではさんでいつまでも離さないおばさん、それは涙の出会いだった。

小学校の庭に立つ。失ったいのちの名前を刻んだ石碑を磨く母親の、私たちを見る目が硬い。鯉のぼりの風車がカラカラと音をたてる。かん高い子どもの声が聞こえてくるようです。毎日でもと訪れる親の前に津波の爪痕をさらす校舎。捧げられた花が枯れている。片づけ、祈りながら帰路につくのでした。

歳月を経て以前は見なかったトラックの群れが土砂を運ぶようになる。復興が始まったのです。瓦礫の山の惨状はとりあえず片付いていますから、復興の一歩には違いないのですが、いまだに塩害からは立ち直っていない農作地、あの美しかった松島のただれた姿、復興とは言えない、復興はこれからなのだと、よくわかります。

福島で。帰還困難区域に入る時の、例の白装束の男たちに囲まれたものものしさは、外国の国境を越える時のようだったし、除染の心配がつきまといます。バスの車窓から見える家々。ずり落ちたカーテン、ガラス越しに見えるあの日のままの棚の鍋釜、見渡す限りの雑草が風に揺れる夕暮れの農作地、いつの日か作物が実る時が来るのでしょうか。先祖代々守り続けてきた土地はどうなるのか。人為的な過ちとしか言いようがありません。

こんなことばを聞きます。「オリンピックの準備たけなわになれば、危険をおかす除染作業の労働者たちは皆そちらに流れるだろう。福島の人はどうすればよいですか」「除染は移染、移すだけだと言う人もいるし、確かにそうだけど、今子どもたちを外で遊ばせたいという母親たちの声は優先させなければならない」。心に残ることがたくさんあり過ぎます。が……。

宿泊先で大震災の記録映像を見ました。プロの撮影ではなさそうです。荒れ狂う海の中でついに家族の手を離してしまう映像、迫り来る津波に追われ、必死で走る姿。「早く、早く」と励ます声。見て、聞いて、思わず息を呑む。現実を語る宿泊先の女将の、明るく、謙虚な言葉に、これを聞く私たちは、しばらく立ち上がれなかった。それでも女将は、苦難に耐え、夢を失わないのです。昔の「ラグビーの街」の応援の旗を振り続けたいと思っているのです。

ここである教育現場について、これまでの私自身の不見識への反省も含めて書くことにしました。あの時、水産高校の遠洋演習でハワイ沖にいた生徒達は？　港がなくなった石巻に帰ることは出来ない、神奈川の漁港に入港、そして石巻に戻るまでの不安……。そのことを聞いただけで、水産高校の日々についてなんと知らないことが多かったことか、と思ったのです。

高校の体育館で「あの時、そして今」の実写を見て、お話を聞きました。あらためて驚き、着任して一年目の教師の新鮮な目で見た著書『それ行け水産高校』を買い求め、帰るなり読みはじめました。

著者はそれまで受験校と言われる高校を歴任、その後、実業高校を希望して宮城県立水産高校に着任。日々新鮮な目と行動力で体験したことを実につまびらかに記録しています。

ご自身は国語の教師で、おそらくここでの国語教育についても工夫と努力をなさっていることと推測できるのですが、自分の授業以外のほとんどの時間、いわゆる「実科」と言われている授業に生徒と同じ姿勢で参加しているのです。海の男の（女性も少数、いますが）卵たちと生活を共にしての記録です。私はすっかり魅せられてしまいました。

いわゆる〝普通科〟コースの人間とは違う、〝もう一つの教育現場〟があります。しかも、海に生きるという現実の日々につながっています。発見の連続でした。私は、以後、干物を買う時もちくわを買う時も、意識が変わりました。

ここの教師たちは、一般大学の水産関係のコースを終えた後、実践現場としての教育機関や実社会での経験の後、一等航海士など、さまざまな難関の国家試験を通過しています。そして高校の教育内容の多岐にわたること！

船舶の操縦、造船、安全を守る通信、魚の産卵、養殖の研究と実践、加工品の開発、流通機構に乗せるための仕事……。

実社会、地域経済と直結した教育の基礎を学ぶ場所としての実践高校です。体を張り、手を汚しての教育です。それなのに著者のことばからは社会での評価が必ずしもそれに見合っているかという思いが読みとれるのです。

漁業の街を支える水産高校も、工業高校や農業高校も、その土地にとって重要な担い手を育てる「共育の場」なのですね。漁業も農業も災害により生活手段を失い、復興の道を探る話題の中で私たちも多くを学んでいますが、復興が単に元に戻ることではない社会変革を期待するなら、もっともっと実業高校等の実体と価値を知らなければならないのではないか。そんな意味でこの旅は、私にとっては〝もう一つの教育現場〟の働きを知るとてもよい機会になりました。今まで見えていなかった社会が具体的に見えてきたと言ってもよいのかもしれません。ちょっと遅すぎたけれど……。

もちろん水産高校の特殊性ゆえ、食料の備蓄もあったことから避難所となった高校の中での生徒や教師たちの働きも、目を見張るものがあったようです。

「宮城県水産高校学校便覧」から引用します。

	海洋総合科	情報科学科
一年	十二名で漕ぐカッターやロープワーク、生物観察「宮城丸」の体験乗船等、将来のスペシャリストを目指して幅広く学習。	電気と情報の基礎
二年	左記のコースを選択 ①航海　「航海士」になるための学習 ②マリンテクノ　エンジニアになるための学習 ③栽培漁業　生物や海洋環境の学習 ④食品化学	国家資格取得のための学習
三年		通信系科目と実習が本格化
専攻科	さらなるスペシャリストを目指して、航海コースと機関コースを選択	

こんな文章を〝発見〟しました。著者の新鮮な目で見、感じた率直な感想。しかも現代社会のあり方をも考えさせられる、さらに私自身が共感したページです。

「手に技術をもっている実科の先生方の偉大さと、現場を支える技術というものへの畏敬である。日本の社会は、新しい技術や機械を開発する人々と、それを現場で使いこなす人々によって支えられているのだ。そして水産高校の先生方は、自分が後者であることに喜びと誇りをもち、人材を育てているのだ、ということがひしひしと実感された。同時に自分がやってきた文学・歴史・哲学といった学問が、なんとも惨めなほど空虚なものに見えてきてしまうのをどうすることもできなかった」

「実習棟には、〝うん百万円、うん千万円の費用〟がかかっている。ということは、水産高校の生徒に海のスペシャリストとしての期待がかかっているのだから、生徒諸君もそのことは自覚してもらわなければ……」

現状を示唆しているようにも思えました。

学問が軽く見られてもよいと言っているわけではないことはもちろんです。両者の評価や社会そのもののあり方、バランス、それぞれの視野の狭さへの警告の書だったような気がしました。

避難所になった釜石の学校の体育館に掲げられた校歌は、井上ひさしさんの作詞なのでした。「これこそ私たちの『いま』を歌った歌だね」と、皆さんが言い伝えているそうです。そう励まし合っているのだそうです。こういう詞です。

《いきいき生きる　いきいき生きる／ひとりで立ってまっすぐ生きる／困った時は　目を上げて

……はっきり話す　はっきり話す　びくびくせずにはっきり話す……しっかりつかむ　しっかりつかむ　まことの知恵をしっかりつかむ……》

普通の校歌のように土地の名や校名は出てこない。井上さんは、校歌として歌われるだけでなく、この学校の子どもだけでなく、世の中の数多くの人びとに歌って欲しいと願っていたのかもしれない。戦後七十年の節目、さまざまな動きに一喜一憂するいま、井上さんがご存命ならと残念でならない。不治の病に苦しむ友人が、この歌を是非、多くの人に歌って欲しいと手紙を届けてくれた。

『島の詩（うた）――死の島からの生還』（三橋国民著）を読む　改めてニューギニアを知る

こうして被災地の旅を繰り返しながら、私は、「戦争」を思う。戦争とは、銃弾だけでなく飢えと病苦で息絶える悲惨を意味しているのです。ここに掲げた三橋さんの本がそう教えてくれるのです。厳密に言えば「戦中記」なのかも知れないが、著者その後の人生という意味ではやはり「戦後」にまたがる一冊といえるだろう。

戦争否定、二度と戦争はＮＯ！　という思いは共通であっても、その表現はさまざまだ。この著者の「祖国のために殉じた兵士は英霊として弔われるべきだ」と靖国神社論争に一つの意見を寄せている。私の主張からすれば「エッ?」と二の足を踏んでしまったことは事実なのだけれど、だからといってこの生々しい戦争記録はまさに地獄そのもの、体験が語る戦争否定の説得力はマイナスにはならなかったので、敢えてとりあげることにした。

西部ニューギニア戦線で重傷を負いながら、分隊四十名のうち生き残ったのはたった二名。帰還直後、銭湯で隣のオッサンに「あんたの背中は切られ与三郎だね」と言われたという状態で、一九四六年（昭和二十一年）に帰還した。

土くれとなった僚友への「鎮魂」をライフワークとして生きる、彫金、彫刻、仏像製作、絵画等の造形作家である。さらに本書は一九九三年ＮＨＫ学園創立二十周年記念「自分史文学賞」（審査委員長、大江健三郎）の入選作である。一九九五年、ＮＨＫ出版から、続いて角川書店から文庫本として出版、一挙に広がりを見せたようだ。

たまたま著者のお身内が合唱仲間であることから、最初の出版から始まって、作品展、講演会等で接する機会を得た。

私が共感しているのは単に語り部としての働きだけでなく、その後、何度も鎮魂の旅として現地を訪れていることだ。

最初に作品展を見たのが八月七日、たまたま広島から戻った翌日だった。原爆資料館から受けたショックを引きずっていた時だった。自転車の荷台にくくり付けられた子どもの死体の絵、それは素人のヒョロヒョロとした線画ながら、その悲惨な姿はリアルで痛々しかった。その絵が語る説得力に心揺さぶられていた時だった。

三橋国民氏の絵画「蛍と鎮魂」は、ニューギニアに棲息する夥しい数の蛍のあかりの中に浮かび上がる兵士の死体。鳥の島と言われるだけあって、画面いっぱいに羽を広げ、羽ばたきが聞こえるような純白の鳥。それら芸術作品としての作品から受ける感動、幻想的な美しさと悲惨さと作者の万感の思いが伝わってくる。目を背けたくなるような悲惨さではない。美しさに収斂された悲惨さとでも言おうか。その絵の前でしばし立ちつくした。

文筆家としては素人で……と自ら評しておられたが、これだけの選をくぐってきた以上、すでに素人とは言えない描写、全編を通して見られる極限状態にありながら持ち続けたヒューマニズムとロマンに加えてユーモア、これが奇跡的な生還の原動力だったのだろうと推測できた。

瀕死の部下が最期の時、「こんな時、おふくろが蜂蜜を飲ませてくれた。最後にあれが飲みたいなあ」と呟いたのを聞いて、医療班に規律違反承知でブドウ糖をかけあう著者。穴を掘り死者を弔い、最後になけなしの乾パンを捧げて立ち去る。スコップを忘れたことに気づき戻ると、わずかな時間に乾パンはすでにない。一瞬感じた不気味さ。その時動いた人影。それは少年兵だった。その行為は軍律から言えば銃殺。平謝りに謝る少年兵を叱り飛ばし、しかし、見逃す著者。

瀕死のマラリア患者や赤痢患者を必死で看病する著者の横で、仮病で横たわる上官の命令「そこの死んだ兵士、臭くてしょうがないから早く片付けろ」。軍隊の信じ難い非人間性。引用していてはきりがない。

極限状態の中でなお可憐な花や小鳥の色に感動し、医師の役割から多くの死者を最大限のやり方で弔う聖職者の役割まで背負いながら自らも瀕死の体験を重ねる。

何度目かの慰霊団を組んで現地に赴いた際、大木の上の方に何か黒いものがあるのに気がついた。何だろう。双眼鏡で見ると飯盒だ。しかもタナカの文字さえ見える。まだ若木だったころ小枝に引っかけた飯盒。兵士にとって最後まで手放さない飯盒。多分そのまま息絶えたのだろうと居合わせた人たちは推測した。六十年の歳月をかみしめたという。

著者の作詞による「タナカの飯盒」は、私たちの合唱団の指揮者によって作曲され、レパートリーの一つになっている。六十年の歳月、浮かばれないタナカさんの魂が宙を舞っていたに違いない。

著者のこの生々しい記録。描写の細かさ、記憶力のすごさに感心する。それにしても私たちが学童疎開先のお寺で遺骨を迎えた時、名誉の戦死と教えられたあれはなんだったのか。名誉の戦死と信じて手を合わせたが、事実は飢え、マラリア、赤痢など病死がほとんど。最後のころは一方的な爆撃の恐怖にさらされながら、戦う相手さえ見えない日々。無意味な死としか思えない。多くの若者をそこに追い込んだのは一体誰だったのか。私は憤りを新たにした。

『すべては音楽から生まれる――脳とシューベルト』（茂木健一郎著）を読む

被災地を旅する私の関心は、私が生涯かけて深入りを続ける「音楽」に向かう。そして、茂木さんの世界に意表をつかれる。

まず驚くのはこの方の経歴だ。東京大学理学部卒、同法学部卒、同大学院物理学専攻課程修了、理学博士、理科学研究所、ケンブリッジ大学を経て現職、とある。

テレビでもお馴染み、書店の店先にも次々と著書が現れる。最近ではむしろタレント的でもあるあの天然パーマ（?）の脳科学者である。

音楽、この語り尽せない、形のない人類の宝物、なぜこれほどまでに心ゆさぶられるのか。重度の多動きわまる障害児が、音楽が止まった時「あれっ、どうしたの？」と言わんばかりに私の顔を見た。身近に聞くハーモニーに執拗な常同行動を一瞬ストップした。そんな経験を持つ私は、もともと音楽の情動部分と脳科学的部分に関心があったから、店先のこの本にすぐ目が止まった。

「そもそも音は空気の振動である。音楽とはその空気中に伝わる振動が一秒間に繰り返されるところの周波数を利用した芸術である。つまり自然界の数学的現象（すなわち振動）と根底で繋がっている」と著者は書く。

脳科学者らしい難解なことばも多い。しかし、彼の分析するモーツァルト効果とか、シューベルトの「冬の旅」などについての分析は分かりやすい。世界全体からみたら青年の失恋など取るに足らない話で大した問題ではない。しかし、「冬の旅」は取るに足らないものかというと、それは違うだろう。ふだん神への栄光に通じるような壮大な曲を書いているバッハが、ちょっと人間界に降りてきましたというようなコーヒーカンタータｅｔｃ……。一つ一つの曲に対する分析も、芸術家とは違った鋭さがある。

「音楽とは何か？　音楽の体験を積み重ねることこそが生きることの充実につながる。音楽的なるものは音の芸術だけがかかわるのではなく、より広く『生命の躍動』の色艶を増し、力強さに拍車をかけることにつながる」というのだ。「すべては音楽から生まれる」というこのタイトル、少し独善的すぎるのでは？　と最初は思ったが、芸術家とは違った角度からのアプローチ、やっぱり科学はすごい！　と思えた本だった。

そして最後に学問を学問にとどめておかない、つまり音楽の実践編とでもいうようなルネ・マルタンとの対談。マルタンとは「ラ・フォル・ジュルネ」の発案者。「ラ・フォル・ジュルネ」とは一九九五年より始めた音楽祭で、日本では二〇〇五年から東京国際フォーラムでゴールデンウィークに開催している。彼の構想、願いは壮大でひとことでは言い尽くせないが、簡単に言えば、クラシック音楽をポピュラーに届けたい、しかも一流の作品、一流のアーティストの手で……ということだろうか。大人にも子どもにも、質を下げることなく（障害児だからといって音楽の質を下げることはしたくないと私もかつて願った。それを思い出してうれしくなった）。著者はその音楽祭の有力な支援者でもある。

「脳の中の『喜び』は、ドーパミンという物質を放出し、さまざまないい働きを脳の中に引き起こすことが判明しています。音楽を聞いて喜びを感じ、それによって脳内のいろいろな回路がよりよく働くようになる……」と結んでいる。

たかがいちじく、されどいちじく

被災地で人と会う。人の一生に触れる。そして、自分自身の幼い日々が甦る。なんて、懐かしいんだろう。

店に熟れたいちじくが並ぶころになると、私はすぐに手が出てしまう。何でもあるこの時代、特別美味と感じるわけでもないのだが。戦前のそのころは、そろそろ甘いものもなくなりつつあったからだろうか、いちじくのあの甘さが今も舌に残っている。

わが家の庭に一本のいちじくの木があった。楓のような葉っぱが木の大きさの割に八方に広がって垂れ下がっていたから、木戸口に通じるその木の下を通るたびに葉が私の顔を撫でた。

その一本のいちじくの木、初夏になるとあまーい、とろりとした実をつける。最初青々としていて硬い小さな実。一日一日色づいてくる。そうなってからが待ち遠しい。朝が来るのが楽しみ。もういいかな、まだ早いかな、楽しみはあしたまで待とう……。幼心にいちじくの木の下で思案する。暑すぎず寒すぎず、初夏の朝のさわやかさと共に思い出す。でも、数少ない実しかつけない。庭に出るのが一瞬遅いと姉に取られてしまう。

実のてっぺんが僅かに割れて、小さい種が交ざったとろりとした果実をそっと大事に割って口にいれた時の甘さ、その一瞬の幸せは今も舌が記憶している。

そしていちじくの味と共に思い出す郷愁。小さなわが家のたたずまい。ささやかな庭にも戦時中はカボチャの黄色い花が咲いていたり、落花生が地面にへばり付くように這っていたり、いちじくの葉がお風呂場に影をつくっていたり……。ポンプの井戸の流し、父が工夫してブリキの樋を付け替えると、板壁に開けられた穴を通して木の楕円形の風呂桶に直接水が入るようになっていた。いちじくの木を眺めながら、姉と交代で五十とか百とか数えながら、ガチャンガチャンとポンプを動かすのも遊びの一つだったかもしれない。ポンプを一押しする毎にザーザーと聞こえる水音も懐かしい。外からは見えないお風呂の水の量も、音でおよそのところは察知できる。

最近、姉が来た時、いちじくを前にして当然、話題はそこに及んだ。すると「お父さんがよくいちじくの木の下に魚のはらわたを埋めていたのよ」と姉は言う。幼かった私には初耳だ。私たちが喜ぶいちじくに込めた父の愛情を知る。

父が娘に施した肥料もそこそこ実を結んで、八十を過ぎた今も、健康でそれぞれに生きがいを見つけて老後を楽しんでいるよ。

その落合のわが家もいちじくも、戦災で消えてしまって久しいが。

「つながらない電話」に言葉を失う

再び被災地に戻る。

花いっぱいの洋風の庭の中に真っ白い電話ボックスが立っていました。「風のでんわ」といいます。ひとりずつ順番にボックスに入る。まず目に入るのは、ピカピカに磨かれた旧式の黒い電話器。棚にはノートが置いてある。たまたま開かれていたページをのぞく。たどたどしい文字。筆者は子どもでした。

「僕のママは、今ごろ、どこにいるの。どこで何してるの。でも、いい子にしているからね……」

あとは涙。私は読めない。

実はこの電話、つながっていない。今度の大災害の不条理を訴え、やり場のない悲しみを伝える電話なのだ。ボックスに入る人は、みな、無言で、言葉を失って出て来る。あいにく降りだした雨の中、電話を備えた人の優しさを思った。

「戦争法」「沖縄の米軍基地」「十八歳の選挙権」「原発再稼働」……。いま、私たちの前に立ち現れる難問を見詰めながら、復興の名を掲げながら単調に聞こえる建設機械の無機質な音を耳に入れながら、私はひたすら歩いている。復興が進むと政府は言うが、生まれてからずっと住んでいた人びとの願いとは別にことが運ばれていると思ってしまうのは、どうしたことだろう。

亡くなったわが子の名を刻んだ石碑を黙々と磨いていた母親、学校の校庭に残る子どもたちの足あと、テレビに映る、肩で風を切るようにして歩く現首相。さまざまな姿が私の頭の中を行ったり来たりする。

戦後七十年。気がついたら「戦後」が「新しい戦前」になっている。私たちは、再びこれに抗するのをやめていたら、安らかに天国へ向かうわけにいかないだろう。これが「昭和ひとけた生まれの私」の「終活」だと思っている。

（まつきともこ　一九三三年生まれ）

大江健三郎さん、そして、文章を学び合う友と行った沖縄。「こころの旅」が続いています

井上　ヒロ

『「自分の木」の下で』読み継がれてほしい

作家、大江健三郎さんは、常に民主主義の考え方を土台として、人々の人権を侵すものに異議を唱える。若い人たちに生きるヒントを与えるために静かに語る。そして八十代に入った今日まで、一貫して、自ら言葉と行動で社会に働きかけてきた。原発をゼロにするため、憲法九条を守るため、デモ行進では先頭をゆっくり歩く。

私が大江さんの小説を初めて読んだのは、もう四十年以上前の二十代の頃だ。

小説は、大江さん自身の体験と思われる場面と文体で、心の不安や叫びだったり、奇妙なことだったり、変わった名前の人物が登場し、時にはユーモラス、時にはグロテスクに感じられる表現もあり、読んでいて恥ずかしい時もあった。小説は筋が簡単には流れていかず、評論はもっと難解で、ただ必死に字面を追っていることもあった。

一九七三年に出版された『洪水はわが魂に及び』は、「第一章＝核避難所」から始まる上下二巻の本で、表紙に渦巻く水流の中に立つ一本の木が、エッチングのような線で描かれていた。題や絵に惹

かれて購入したが、今、改めて見ると、まるで東日本大震災の津波の様相と重なる。

満足に読めもしないのに、私はどうしていつも大江さんの本が気になるのか分からないでいた。後年、文学に通じている友人に、

「大江健三郎は希望を持っている作家だね」

と言われて驚いた。暗くてうつうつしている小説だと思っていたからだ。私は大江さんの文章の中にある「希望」を見つけるために読んでいたのかもしれない。

二〇〇二年に図書館で一冊の本を借りた。

『「自分の木」の下で』大江健三郎　画＝大江ゆかり
二〇〇一年に出版されたこの本は、大江さんが二〇〇〇年から青少年のために書いた文章をまとめた本だ。十六のエッセイからなる。「シンガポールのゴムマリ」は、大江さんが国民学校二年生の時の話だ。

日本軍はマニラ、シンガポールを占領したが、それによって南洋諸島のゴム原料が手に入るようになった。学校でゴムマリの配給がある。全員にではない。二年生の大江さんはジャンケンで勝って購入券をもらう。たいていの配給のクジにはずれていたので、勇み立ってお父さんに報告する。先生が生徒に話したように、「日本の兵隊さんは勇敢で強く、シンガポールを守るイギリスの軍隊を破られた。そして日本の兵隊さんは優しく、ゴムマリを集めて送ってきてくださったのだ」と。お父さんは仕事の手をやすめると、大江少年をジロリと見ました。そしてこういうことを言ったのです。

「どこかの国の勇敢な強い兵隊が、この森のなかまで攻め上がって来て（父は裏座敷の、川に面し

た軒に母が掛け渡している、干し柿の列を見あげました）、そのどこかの国の兵隊も優しくて、干し柿を集めて自分の国の子供らに送ってしまうとしたら……きみはどう感じるかね？」

大江少年は腹を立て、情けない気持ちで学校へ購入券を返しに行く。その時お母さんはお金の準備をして待っていて、「お父さんはシンガポール陥落の、お酒の特配を受けられたのになあ！」と言うのだが、「しかし私は、むしろ母のいい方に反撥してもいたのでした」と書く。

大江さんは、お母さんの言い方に反撥したその気持ちを、この本を読んでいる子供たちが一緒に考えるようにゆっくり説明する。

お父さんの考えに腹を立てていた自分が、少しずつ考えを受け入れていったのは、「保守的」な子供から「進歩的」な大人になっていったからで、「自分がその中で生きている国や社会に対して、それまで自分が持ってきたのとは別の考えを受け入れ——あるいは、自分でつくりだし——自分のまわりから、少しずつであれ変えてゆこうとする。そういう人間になってゆくということです」と、つなげている。それが「進歩的」になっていくということだと。

「なぜ子供は学校に行かねばならないのか」は、大江さんが十歳の時の話から始まる。

十歳の時に敗戦を経験し、いままで「神」と教えられていた天皇が人間だと知る。そして学校では民主主義を教えられる。この時の思いを「敵だからといってほかの国の人間を殺しにゆく——殺されてしまうこともある——兵隊にならなくてよくなったのが、すばらしい変化だということも、しみじみと感じました」と書くが、こう思いながらも、大江少年は学校へ行かなくなる。森へ入り、図鑑で木を調べ、学校へ行かなくとも、将来は木にかかわる仕事につけばいいと思った。強い雨が降る日、大きいトチの木のホラの中で倒れているところを、村の消防団の人たちに救い出される。熱と衰弱でお医者さんも見放すが、お母さんの看病で命をとりとめる。

「お母さん、僕は死ぬだろうか」

少年の問いにお母さんは、

「もしあなたが死んでも、私がもう一度、産んであげるから、大丈夫」

と答える。大江少年はほんとうに静かな心になって眠り、翌朝から回復していった。そして、ゆっくりとではあるが、自分からすすんで学校へ行くことにもなった。不思議な話だ。

学校へ行く意味は、障害をもつ息子さんの光さんからも教えられていく。そのことをこう述べている。

「いま、光にとって、音楽が、自分の心のなかにある深く豊かなものを確かめ、他の人につたえ、そして自分が社会につながってゆくための、いちばん役にたつ言葉です。それは家庭の生活で芽生えたものでしたが、学校に行って確実なものとなりました。国語だけじゃなく、理科も算数も、体操も音楽も、自分をしっかり理解し、他の人たちとつながってゆくための言葉です。外国語も同じです。

そのことを習うために、いつの世の中でも、子供は学校へ行くのだ、と私は思います。」

「取り返しのつかないことは（子供には）ない」では、子供にとって取り返しがつかないことは絶対にない、と言い、しかし殺人と自殺は取り返しがつかない。この二つは「暴力」という点において一つのことであり、このような暴力を子供たちにふるわせない。子供自身もそれをふるわないと決意することが人間の「原則」だと述べる。

世界の平和はいまだなしとげられていないが、それに対して「子供たちが人間らしい誇りを持って、自分は『原則』を守り、そこから考えを進めてゆくかどうかに、世界の明日が明るいかどうかはかかっています」と。

『「自分の木」の下で』という題の「自分の木」というのは、昔、お祖母さんから聞いた言い伝えで、郷里である四国の谷間の人には、それぞれ「自分の木」ときめられている樹木がある。人の魂は、その木の根もとから谷間に降りてきて、人間の身体に入る。森の中に入って、たまたま「自分の木」の下に立っていると、年をとってしまった自分に会うことがある。少年の大江さんは、その木の下に立って、年をとった自分に「どうして生きてきたのですか」と問いたいと思った。

それから六十年以上が経ち、自分が年をとり、その木の下で、「どうして生きてきたのですか」——「どのような方法で」と「なぜ」——という質問の答えとして、若い人たちに向けて「自分の木」の下で直接、話をするように書きたい、小説家として知ってきたことを若い人たちに伝えたいとの思いで、この本をつくり、そして、この題をつけた。

今、若者たちが、政治に対しても素直な思いを発信し始めている。「戦争に行きたくない、行かせたくない」という気持ちは、大江さんが十歳の時思った「人を殺したり殺されたくない」という気持ちと根っこは同じだ。自己中心的でもなんでもない人間のヒューマンな思いなのだ。

大江さんの「希望」が若い人たちに伝わるようにこの本が読み継がれていってほしい。

沖縄の旅　平和を願うモモタマナを知る

二〇〇四年三月、三日間の沖縄旅行をした。

私はその二年前から、新宿の朝日カルチャーセンターで「書いて語る　それぞれの二〇世紀」という文章講座を受講していた。沖縄へは、講師の村上義雄先生が引率してくださった。参加者九名の熟年修学旅行だ。

この講座は、二〇世紀を生きてきた私たちが、その「二〇世紀」とはどんな時代だったのか、作文を書き、読み合い、講評をもとに語り合う。でも、そんなに堅苦しくない。先生からの課題を選んでもよいし、自由題で書いてもよい。

講座のノートを見返すと、課題はいろいろで、例えば「私が選ぶ二〇世紀この人」「米」「二・二六事件」「難民」「我が青春の日々」「歌に寄せる思い」「ふるさと」「山頭火」「シングルライフ」「林芙美子」「男女共学」など、まだまだたくさんある。その都度何を書くか思案し、調べたり読んだりして、書き上げるまではたいへんだった。

「沖縄戦」という課題が出たのは、講座が始まった二〇〇二年頃ではなかったろうか。先生の著書『二〇世紀を一緒に歩いてみないか』（岩波書店）の中の「沖縄戦――少年は肉親を惨殺してしまった」を読み、沖縄戦の渡嘉敷島で起きた「集団自決」の事実を初めて知った。

私は、高校の時、日本史の授業は居眠りばかりで、特に現代史が頭に入っていない。沖縄の歴史もよく解らず、語り合いの席では話を聞くだけで精いっぱいだった。

先生は、私たちが沖縄へ行き、沖縄の歴史と現在の姿を自分たちの目で見て考えてほしかったのだと思う。沖縄の明るいところも、紹介したかったのだ。

けれど三日間の旅行後、私はずっと作文を書けなかった。見聞したものがあまりに多かったからだ。いつの間にか十年以上の年月が経った。今は気負わずに書けることを書こうと思う。

まず楽しかったのは一日目の晩ごはん。那覇市安里(あさと)の「うりずん」という居酒屋さん。一九七九年に発売の季刊『銀花』(第三十九号)に、元気な三十七歳のご主人と素敵な三十歳の奥様の写真と共に、お店が紹介されていた。「土屋さんが、この店を始めたのは、昭和四十九年の復帰の年だ。沖縄中がやまと指向になって、沖縄独特のものの影が薄くなりそうになった。その時、土屋さんは沖縄中の泡盛を集めて、沖縄料理を作り、沖縄を取り戻したいと思った」とある。琉球魂の店なのだ。

先生と九人の仲間と、長い座卓の前に座り沖縄の家庭の味をいただいた。泡盛も飲んだ。顔がぽっぽとしてきて心も温かくなり、話が弾む。出てくる料理に興味津々。

私はメモ帳に料理のスケッチをした。ドゥル天は、沖縄の田芋に豚肉や椎茸、かまぼこを入れて揚げたもの。ミミガーは豚耳の千切り。角煮のラフティ。おさしみの盛り合わせは、シャコに島ダコにアオブダイ。グルクンは赤い魚。アサヒガニは縦長でがっちりした蟹。素朴な島の味を満喫した。

このお店で、料理のスケッチといっしょに書き写してきたものがある。それは座敷の壁に掛かっていた額の中の歌。

うりずんの歌

しまじり　くねぶ
おや国　くねぶ
うらこやはひ
又おれづもがたてば
わかなつがたてば
うらこやはひ

おもろそうし巻十四の十三

意味は解からなかったけれど、このお店の名前「うりずん」の由来かなとも思った。いつか調べようと思い、そのままになっていた。

最近になって、図書館から『おもろそうし』（外間守善(ほかましゅぜん)校注　岩波書店）を借りてきて歌を見つけた。厚い文庫本上下の下巻にある。

訳は「島尻の、親国の九年母(くねぶ)（蜜柑）の実りが待ち遠しい。おれづもが、若夏が立つと実りが待ち遠しいことだ。**島尻**　地名。沖縄南部。**おれづも**　旧暦二、三月の候。うりずん。**若夏**　旧暦四、五月の候。初夏」とある。

「おれづも」というのが「うりずん」のことで、今の暦で言えば三月、四月の頃、乾季が過ぎて雨で土が潤う時。語源は「おれづむ」。土が「潤い染む」からとのことだ。題名の「うりずんの歌」とは誰が書いたのだろう。開店祝いに額を贈った人だろうか？　店主の土屋さんだろうか。

『おもろそうし』は、十六世紀から十七世紀にかけて首里王府が編纂した沖縄最古の古謡集で、全訳されたのは近年だということも知った。今、沖縄の人たちは、琉球民族の素晴らしさを見直し始めているのではないだろうか。『おもろそうし』がもっと広まり、どんなふうに謡われていたのか聞いてみたいものだ。

今の沖縄の観光地図を見ていたら、いつ出来たのか、那覇市内を走る「ゆいレール」の駅に「おもろ駅前」というのがあり、「おもろまち」が出現していた。

ちなみに、「おもろ」とは「おもしろい」という意味ではなく、「ウムイ」（思い）が語形変化したものだそうだが、感覚が現代人にあわせて変わっていくのもいいかもしれない。そういえば、沖縄の人が自分のことを「おもろ人」と言うのも楽しい。

初日は「うりずん」だけでは終わらなかった。

先生は私たちを「エル・パピリオン」というライブハウスに案内してくれた。舞台と客席がある。海勢頭豊（うみせどゆたか）さんがギターを弾きながら歌う「喜瀬武原（きせんばる）」は、基地反対闘争に破れた人びとの深い悲しみを歌っている。続いて「月桃（げっとう）」が胸に沁みた。二曲とも海勢頭さんの作詞作曲。

月桃

一　月桃ゆれて　花咲けば
　　夏のたよりは南風

緑はもえるうりずんの　ふるさとの夏
二　月桃　白い花のかんざし
　村のはずれの　石垣に
　手にとる人も　今はいない　ふるさとの夏

先生も歌った。私たちも一緒に歌った。踊りも教えてもらい、最後は陽気にギターや三線(さんしん)に合わせて手や身体を動かした。沖縄の人のようにはいかないが、踊っているうちに心が解放されていく。

次の日の朝は、一転、金城重明さんからお話を聞かせていただいた。先生が、「集団自決」の生き証人である金城さんのルポを書いてから十年経っていた。

金城さんは、わざわざ私たちが宿泊しているホテルのロビーに来てくださり、開口一番、「村上先生のご要望には、何が何でも断れません」とおっしゃった。この一言で、金城さんが先生をジャーナリストとして尊敬し、友情を感じていることがよく分かった。

どうして母や妹や弟を自らの手で殺さねばならなかったのか、その時の状況を話された。「軍の命令があろうがなかろうが、自分たちはそうする以外選択肢はなく追い込まれていったのです」と。一日目に訪れた「ひめゆり平和祈念資料館」で、語り部の島袋淑子さんのお話を聞いた時も同じだ。戦争に突き進んでいった時代、軍国少年や軍国少女をつくった教育のおそろしさだ。

死んでいった少年少女はもう戻ってこない。金城さんや島袋さんが〝地獄のような〟と話す辛い体験を、なぜ語り続けているのか。自分たちと同じ戦争体験を、もう誰にもさせてはならないという強い思いからだ。人を殺したり殺されたりする戦争。どうしてこの世からなくならないのだろう。

最後に沖縄で出会った木の話をしたい。

島の南、摩文仁に広がる沖縄平和祈念公園の中には「平和の礎（いしじ）」が建てられている。沖縄戦で亡くなった人々の名前が刻まれている慰霊の場所だ。礎の前に植えてある木が、私に何か語りかけているように思えた。

三月十七日、ちょうど〝うりずん〟の季節。地面にはたんぽぽが咲いていた。木の幹は、両手の親指と親指、中指と中指がつくくらいの太さ。丈は少し見上げる高さ。細い三本の丸太で支えがしてあった。

木肌はすべっとしていて灰色かベージュぽかったが、ところどころモスグリーンの色もあった。幹の途中から枝が三本か四本上に伸び、枝の型が、がきっがきっとなっているようで特徴がある。枝々の先から若い小さな葉が二枚か三枚顔を出していた。ちょうど芽吹きの時だったのだ。

旅行から帰ってからも、「今頃、葉が繁っているのかなあ」と気になっていた。スケッチを頼りに調べてもみたが、特定できない。この文章を書こうと思い、平和祈念公園に電話した。

「あのー、茨城県から電話しているのですが、『平和の礎』の前に植えてある木がありますよね。あの木の名前を知りたいのですが、教えていただけますか」

「はあー？　ちょっと待ってくださいね」

違う方が電話に出られた。

「えーあの木はですね、モモタマナです」

「え？　モモ……タマナ？」

「ええ、モ・モ・タ・マ・ナです」

私はよく聞き間違える。それにしても予想外の名前だ。三回聞き返した。早速図書館で調べると、南洋の植物のところに載っていた。モモは桃。タマナはタヒチ語。写真を見ると、葉が水平に広がり、日陰を作っている。実は三～六センチの楕円形で、海に浮かんで漂流し、潮流に運ばれて繁殖するそうだ。


琉球諸島の島々と青い海を渡り、砂浜にたどり着くモモタマナの実を想像する。海を埋めて基地を造ろうとする人間の所業とは全く正反対だ。

（いのうえひろ　一九四九年生まれ）

転勤族の夫と引っ越しを重ねましてね。そして、そうだ、「賢治」と出会ったんでした

神尾　絢子

姉の夫、私の義兄は、母のすぐ上の姉の義理の甥にあたる。受験勉強中、神田の自宅より広いので、実家と庭続きの伯母の家に滞在していた。中学生だった姉や私に勉強を教えたり、たまには私の実家で父と碁盤を囲むこともあった。義兄の妹のSちゃんは、私と同じ年齢。よく遊びに来て、姉や私と実の従妹のように仲良くした。義兄は旧制の高等学校を卒業していたので、二年で国立大学を卒業し、食品会社に就職して北海道へ発って行った。婚約していた姉は、秋には休暇をとって上京してきた兄と式を挙げて、北海道・網走の人となった。

私もたまたまその時休暇を取って、兄と一緒に上京してきた後の夫と知り合い、次の秋に式を挙げ、オホーツク海沿いの釧網線斜里駅の近くに住むことになった。転々と移り住む人生のスタートとなった。容姿が悪くない。勤め先を知っている。その程度の知り合いに過ぎなかったが、五十年たった今も一緒に暮らしている。姉が網走近くへ来るよう猛烈に推挙したのだが、その後一年ちょっとで姉達は札幌へ転勤し、我々もすぐ後に本州に渡った。その後、姉達と近くに住む事はなかった。

戦後十数年の当時は、景気が悪いと言われる今とも比較にならないほど貧しかった。同僚の男性群は将来の暮らしの展望もなく、「いいなあ、知床だって。行ってみたいなあ」などと羨ましがられた。

だが、汽車と連絡船で二日半、旅をしなければならなかった。そんな時代である。

義兄の妹のSちゃんも、ほどなく信州の人と結婚したと風の便りに聞いた。

子どもが四つ目の小学校を卒業し、夫が小田急線厚木工場に転勤する事になり、小田急沿線に数年住んだ。Sちゃん一家も、小田急線の柿生に住んでいたので、久しぶりに交流が始まった。お互い、年の近い男児二人の四人家族である。

彼女は抜群の運動神経の持ち主で、中古の車でご主人のHさんの送り迎えをしていた。私もたまに乗せて貰い、相模原の団地まで送って貰った。


Hさんは中学校から東京に住んでいるのだが、郷里信州への想いの深い人である。

中央アルプス山麓の駒ケ根市。風光明媚、温泉あり、この世の桃源郷である。私達と変わらない、ただのサラリーマンのはずが、早く亡くなられたお父さんの土地があって、セカンドハウスを建て、私も駒ケ根を案内して貰う機会ができた。

Hさんは物静かで、政治や文学に関心の深い人である。我が子に対しても敬語とまではいかないが、〝そうです言葉〟で語りかけるような人だった。対するSちゃんは神田育ちの下町式。子どもに泳ぎを仕込む。車の後部に乗せて買い物にも連れて行く。

木曽の馬籠出身の島崎藤村文学は、私ごときが気安く読み込むのには大きすぎるように思われる。いくら小説好きの私でも寝そべって読み散らす事は出来ない。でも、歴史は好きなので、細かい漢字の多いページを一生懸命めくった。

木曽に連れて行って貰った時、Sちゃんに「Hさんの好きな故郷の大文豪の出身地ね」と気安く語りかけると、「あら、Hは藤村のファンではないわよ」と言われ、「へーエ」と驚いてしまった。漱石とか藤村のような文豪は、故郷が誇る大文豪と敬愛を受けると信じて疑わなかったのである。

私は更に驚くハメになった。「雨ニモマケズ」の詩人、童話作家、宮澤賢治（一八九六年八月二十七日—一九三三年九月二十一日）が私の中で大きくふくらんでいったのだ。

子どもは義務教育を終わり、もう転校させて連れ歩く事はできなくなっていた。

当時、中野区の実家の近くに住んでいた姉が、西武池袋線の練馬近くで新築のマンションの募集を知らせてきたので、応募してどうにか当たり、七階に住んだ。

夫は岩手工場に赴任し、広い社宅に住んでいた。私は岩手と東京を行ったり来たりしていた。Hさんは岩手が生んだ大詩人とも言われる宮澤賢治に私淑していた。もっと言えば大ファンだったのである。私達が住んでいたのは花巻市。賢治の故郷。彼は生涯のほとんどをこの地で暮らし、そして三十七歳で亡くなった。

北海道・知床から発し、日本列島所狭しと、東北、関東、近畿、甲州、私達の転居は十一回に及んだ。Hさん憧れの詩人、宮澤賢治の故郷花巻市には、昭和五十六年頃に住んだ。

私は花巻に住んで、初めて岩手が生んだ全国にファンの多い大詩人を意識するようになった。偶然とは言え驚かないではいられなかった。

三十年も前の、いつの事だったたか、さだかには覚えていないが、私達が住んですぐの夏、Hさんは我が家の客人となって、賢治の故郷花巻を探訪したのである。

　東北には縁のなかったHさんは、信州と賢治の故郷の違いに驚かれたかもしれない。信州はどこまで行っても山の中である。藤村が「夜明け前」の冒頭で書く通り、木曽路はすべて山の中である。一方、夏の東北。米どころは、稲は実って重そうに頭を垂れ、見渡す限り金色の風景で、山や森は、はるか彼方で、淡い存在である。

　遠慮深いHさんは、その日の見聞を声高に話す人ではない。私達も賢治に深い知識を持っていたわけでもないので、夕食時、会話がはずむ程ではなかった。

　ただ私は、Hさんに頼むように奨めた。出来て間のない賢治記念館に足を運んでくださいと。彼は賢治の手が触れた楽器や絵の道具が、たっぷり並んでいるような所に、特に興味を持たなかったのだけれど、私は、花巻市が遠くから訪れた賢治ファンに見せようと一生懸命作ったのだから是非寄ってくださいと頼み込んだ。

　私が前に記念館を訪れた時、入ってすぐの壁一杯に「永訣の朝」という詩が展示されていた。賢治とあまり年齢の違わない妹のトシさんが、二十四歳で亡くなった朝の悲しみの詩である。何も知らず詩の前に立って胸が苦しくなる程の感動を覚えた。

　けふのうちに
　とほくへいってしまふわたくしのいもうとよ
　みぞれがふっておもてはへんにあかるいのだ

（あめゆじゅとてちてけんじゃ）
うすあかくいっさう陰惨（いんさん）な雲から
みぞれはびちょびちょふってくる
（あめゆじゅとてちてけんじゃ）
青い蓴菜（じゅんさい）のもやうのついた
これらふたつのかけた陶椀（たうわん）に
おまへがたべるあめゆきをとらうとして
わたくしはまたがったてっぽうだまのやうに
このくらいみぞれのなかに飛びだした
（あめゆじゅとてちてけんじゃ）
蒼鉛（さうえん）いろの暗い雲から
みぞれはびちょびちょ沈んでくる
ああとし子
死ぬといふいまごろになって
……

あれから時が経って、同じ詩が展示されているかどうかわからなかった。
賢治の実家は町なかで質屋を営んでいた。私達がいた当時は、弟が後をとっていた。今ではその弟の子どもの代だそうである。

賢治は、大正四年、盛岡高等農林学校（現岩手大学農学部）へ進学し、後に花巻農学校の教師となったが、一筋に教師生活を送ったわけではなく、樺太や東京に出向き、草野心平、高村光太郎その他同人誌の仲間などと多くの知遇を得た。大正七年から亡くなる昭和八年の間に童話、詩、水彩画と沢山の創作をした。

私どもの住居に近い身照寺は宮澤家の菩提寺と知らされ、行ってみると、宮澤賢治その人の墓石がすぐ見つかった。手を合わせながら、これだけでもこの土地に住んだ甲斐があったと思った。

『智恵子抄』で知られる詩人、高村光太郎は、同じく詩人、草野心平らとともに賢治の作品を世に広め、戦争末期、賢治が亡くなっているのに花巻へ疎開している。私も誰かに連れられて、光太郎が悪い時代の寒さの中を過ごした小屋を見た。保存してあったらしい。牛小屋よりましな位で、いろりはあったかもしれないが、石炭も炭もなく、夜が更けると冬は零度以下になる小屋を見て、事情は分からなかったが、息苦しくなった。光太郎の愛妻智恵子さんはとっくに亡くなっている。戦後間もなく、光太郎に十和田湖畔に彫刻の依頼があり、私も案内されて見ることが出来た。二人の少女が向かい合って手を合わせているポーズの清々しい像である。彫刻の依頼があって光太郎はとても喜んだとか。東京に戻って制作した作品だろうけれど、ハイパーインフレ当時、大作家と言えども、有難かったと思われる。

転勤族の妻として、転々と移り住んだ先々で出会った人びと、なかでも賢治の作品の群のなかで、「東日本大震災」があったからなおさら忘れ難い存在となったあの詩を記しておきたい。

雨ニモマケズ
風ニモマケズ
雪ニモ夏ノ暑サニモマケヌ
丈夫ナカラダヲモチ
慾（ヨク）ハナク
決シテ瞋（イカ）ラズ
イツモシヅカニワラツテヰル
一日ニ玄米四合ト
味噌ト少シノ野菜ヲタベ
アラユルコトヲ
ジブンヲカンジヨウニ入レズニ
ヨクミキキシワカリ
ソシテワスレズ
野原ノ松ノ林ノ蔭ノ
小サナ萱ブキノ小屋ニヰテ
東ニ病氣ノコドモアレバ
行ツテ看病シテヤリ
西ニツカレタ母アレバ
行ツテソノ稲ノ束ヲ負ヒ
南ニ死ニサウナ人アレバ
行ツテコハガラナクテモイヽトイヒ
北ニケンクワヤソシヨウガアレバ
ツマラナイカラヤメロトイヒ
ヒデリノトキハナミダヲナガシ
サムサノナツハオロオロアルキ
ミンナニデクノボートヨバレ
ホメラレモセズ
クニモサレズ
サウイフモノニ
ワタシハ
ナリタイ

（かみおあやこ　一九三四年生まれ）

自宅で最期を迎えたい。この国の福祉の貧しさにあきれながら、そう願っています

室屋　千代子

母の遺言に助けられ

二〇一二年十一月四日の未明、九十三歳の母は誰にも看取られることなく老衰で旅立った。母が亡くなった当座は、最期の看取りが出来なかったという思いで落ち込む日が多かった。しかし、時が経つにつれ父母ともに存命の数年間は、毎週二、三回、下町の実家に通い、三人でゆっくり昼食を共にした日のことを振り返る余裕が戻った。

「俺が先に逝きたい」、「いいえ、私が先に逝きたい」。超高齢の老いに向き合う二人の会話や仕種を思い出す。家業で、四六時中顔を突き合わせていたせいか、仕事のうまくいかなかった時には、諍う姿もたびたび目にしてきた。決して仲のよい父母では無かったのにと内心思っていたが、真剣に人生を歩いていた二人だったのだと遅まきながら分かった。夫婦が老いを生きる何よりの有難い手本を貰った。

父が亡くなって母の認知症は急速に進んだ。姉弟三人が交代で十日間ずつ、夜間の母の見守りをしてきたが、徒歩五分の所に住む弟はともかく、通勤介護をする妹も私も一年後には体力の限界が来た。

弟夫婦は、私たち姉妹が一切実家に出入りしないという条件で母と同居した。娘に甘えたい認知症の親を介護しなければならない弟夫婦の大変さも分かる。

母に会える機会はショートステイの時だけになった。ケアマネージャーに連絡を取り、ショートステイ先を訪ねた。認知症とは言っても、記憶や感情がすっかり薄れるというわけではない。疎開先だった三重県の父母の郷里の話が弾み、記憶の戻った母から思いもかけない言葉を聞くこともあった。

「最後まで一人で暮らしたいと言えなかった自分に腹が立つ。娘たちに会えんようにされるとは思わなかった自分が情けない。最後はどちらかが一人になって生きて行くのはその人の運や。残った者が自分の生き方を選ばなあかんのやった。千代子よ、よう考えて生き方を決めや、私の二の舞を踏んだらあかん。世の中どう変わるかわからん。いつ何が起きるのかわからんのが人生や」

母が旅立つ五ヵ月前の私への遺言となった。母の残した言葉を、時に付け折に触れ思い出す。三児をかかえ、夫を戦争にとられた疎開先での苦労が、頑なまでに自分の思いを貫く母の生き方になったと思う。父が亡くなっておひとり様になった母は、孤独と認知症という病と闘いながら、それでも人生のゴールまでの三年間を気丈に生き抜いた。見事な最期だったと心底思う。しかし、人生最後の土壇場になって、自分の思いを遂げられなかった母の無念さを思うと涙があふれる。

最期をどこでどう終わりたいかは、夫も私も思いは言わずとも同じである。躰が不自由になり、認知症になろうとも、わずかでも二人で意思の疎通が出来る間は、介護制度の手を借りて、自宅で暮らせるのは父母の介護で経験済みである。「私がおひとり様になり、重い病気や認知症を患い、食事や排泄が自分で出来なくなった時には、介護施設のお世話になるつもりだから」と、子ども達夫婦には常々話して来たが、正直のところまだ心は揺れている。

後期高齢期をどう生きる

認知症を患いながらも気丈な母がいたお陰で、父は自分の意のままにデイケアにもショートステイにも行かず、九十六歳の一生を在宅で終えた。父母の老いに付き合い、介護の一端を担ってきたつもりだったが、父母の気持ちに寄り添うのに手一杯だった。ケアマネージャーやヘルパーさんの言動に不審を持ちながら、介護制度や介護施設の事も、その場しのぎの俄か勉強をして対応するしかなかったが、人が在宅で終末を迎える老いと介護の大変さをしっかり学ばせてもらった。

父が亡くなって認知症の進んだ母は、意に反して、行きたくないデイケアやショートステイに通った。その実情が分かってみれば、介護の実体は介護する側の事情に合わせて成り立っているとの思いは募る。しかし少子高齢化の日本の実情を思えば返す言葉は無い。

十二年前に九十一歳で旅立った鹿児島の義父は、「仕事に出ている若いもんが、家に一人でいる老人の心配をせんでもええようにと思うて、おいはデイケアに行っとるがよ。なるれば（慣れれば）それはそれで、一日が終わるっど」と冷静に自分の置かれた状況をわきまえて居た。介護する側もされる側も厳しい昨今である。学びたいことは沢山ある。

そんな思いが通じたのか、二〇一三年八月十五日付けの市報で、自宅近くの私立病院併設の介護施設が主催する「地域支援サポーター養成講座」募集の記事を見つけた。昼食付きで受講料は無料とあった。七十二歳という年齢では受講を拒否されるかと思ったが、運よく受講許可が届いた。

講座は、九月十七日から二十日（十九日は中休み）の三日間。一、二日目は施設の昼食を、最後の日は、業者の高齢者向け宅配弁当付きで、午前十時から午後五時まで行われた。武蔵野市の高齢者福祉の実態と介護保険にはじまり、高齢者とリハビリテーション、介護実技実習、傾聴について、高齢者施設の理解（種別の異なる介護施設三ヵ所をバスで回り見学）など十八科目に及ぶ中身の濃い講座であった。

八十代後半の老いを疑似体験する

介護実技と実習では、高齢者疑似体験／車いすの誘導実習／歩行介助／移動・移乗介護／おむつについてのプログラムが組まれていた。

高齢者疑似体験では、視野や視界をさえぎるメガネをかけ、肘サポーターを付け、手首に錘を付けてひじ関節を固定、手袋をはめた。手袋は手の触覚と圧覚、温覚を鈍らせるためだ。下肢には膝サポーターと足首に錘を付け下肢関節の衰えを再現。さらに歩く時につま先が上がらず躓きやすさを実体験するために、靴型サポーターを装着した。最後に前屈姿勢になる仕掛けをした加重ベストを身にまとい、杖をついて八十代を想定した疑似高齢者が出来上がった。

この状態で立ち上がり、皿に盛った大豆を箸でつまみコップに入れる作業をした。健康で膝や肩などどこにも痛みのない私は、なんとか作業を終えたが、疑似体験をした実年齢になれば到底このような事は出来ないだろうと実感した。手先の衰えはすでに体験済みである。スーパーなどで財布から支払いのお金を出す作業にもたつきながら、後ろに人の列が続いている時は、小銭を素早く取り出すことが出来ず、慌てて紙幣を出す自分がいる。

車いすの実習では、母を乗せて押すことはあったが、乗ったのは初めてだった。施設の中の移動では不安に思うことは無かったが、路上に出てその思いは一転した。駐車場を使っての乗車体験では、路面の一寸したデコボコでも、ガタガタと全身に振動が伝わる。どこかに痛みを抱えていたら堪ったものではないと思えた。歩道では、すぐ脇を、スピードを落とさずに自転車がすり抜けて行く。車椅子のハンドルを引っかけられ転倒するのでは！　ぞっとした。

一番怖かったのは、声掛けなしに段差を乗り越えた時だった。押している相手は車椅子を押すのは初めてという同じ受講生、いきなり前輪が浮き上がり、体が後ろに倒れる。このままひっくりかえってしまわないだろうか、きちんと車椅子を支えて前進してくれるのだろうか？　思わず肘掛をしっかりつかんだ。後で、講師が介助して実習目的のために行った事と知ったが、声掛け一つが弱者の気持ちを左右することの重さを知った。

高齢者介護施設はどんなとこ？　費用はどの位？

介護施設の見学では、設置主体や介護の内容が異なる施設があるが、サポーター講座を開講してくれた施設の担当者が事前に連絡をとってくれ、バスでそれぞれ四ヵ所の施設を見ることが出来た。施設の概要や費用等は、配られたパンフレットと準備していただいた資料を参考に特徴を記載し、見学させてもらっての簡単な感想をまとめた。

介護に関しては、参考書になる本や入所体験者のエッセイなど、数えきれないほどたくさん世に出ている。図書で得た情報は省き、制度や実情について自分で理解できたことを文字にした。

▼介護老人福祉施設（通称＝特養）

事業主体＝医療法人、社会福祉法人、地方公共団体等／入所対象者　寝たきりや認知症で常に介護が必要なため、自宅での介護が困難な①～⑤の要介護者／入所期限　終身であるが医療処置が必要な場合は入院、三ヵ月を超えると、退所しなければならない／費用　公的福祉施設であり、自己負担金は一ヵ月十三万～十五万円程度と、民間の老人ホームより安い。このため入所希望者が多く、申し込みが受理されても、入所できるまで三、四年待たなければならないようだ。／医師は常駐しない。看護師は常駐だが、夜間は介護職員のみの場合もある。

〈社会福祉法人Pホーム　特別養護老人ホーム　M館〉

最初に訪れたのは、「特養」といわれている「介護老人福祉施設」である。居室三十床（内訳は個室十、四人居室五）、他にショートステイ用の個室三床、デイサービス一日当たりの受け入れ人数二十三名のこぢんまりした施設である。閑静な住宅街にあるせいか、我が家から徒歩で行けるのにその存在には全く気が付かなかった。

この特養は地域密着型介護老人施設と呼ばれており、施設のある市区町村に在住している要介護認定を受けた人が入所対象となっている。嘱託医はいるが医師や看護師は常駐ではないとのこと。治療を要する病気になった場合は病院に移り、三ヵ月経っても復帰できない時は、特養に戻れないという。夜間は二人勤務という以外、費用や介護職員の人数・配置を聞くことは出来なかった。

▼企業が運営する有料老人ホーム

民間企業やＮＰＯ法人が事業主体の老人ホームである。その実態は様々であり、介護付き、住宅型、健康型とあるようだが、実際に施設見学をしないと不明な部分が多いように思われた。家賃の敷金に相当する入居金という制度がある。入居金は０円から数千万円を超えるものも少なくないという。入居金０円の場合はそれ相応の保証金を預託、一ヵ月当たりの費用は高くなる場合が多いとの事。入所したものの、環境に馴染めなかったりして途中退所をする人も多いようだが、入居金の返金を巡って様々な議論がおきているようだ。見学に行ったこの施設は、特養とほぼ同じ介護サービスを提供している。

「土地と建物があれば法的な規制も軽く、住宅型、健康型の施設は企業の社員寮を居抜きで購入し、手広く事業展開をしている事業者もいる」とデイサービス施設を運営している知人から聞いた。

〈株式会社Ｂ経営　〈介護付き有料老人ホーム〉

訪れた施設の会社では、六タイプのホームを関東地区で数多く運営している。その種別は入居金の有無、居室の広さ、入居者の要介護状態、契約時の年齢、交通の利便性、医師や看護師が常駐する医療対応の有無等により仕分けされているようだ。

私たちが訪ねたのは、西武多摩川線新小金井駅から徒歩九分の定員五十五名の施設だったが、居室の見学は出来なかった。パンフレットによるとすべて個室で、「居室面積は十五㎡、居室付帯設備としてナースコール・介護用電動ベッド・収納家具・温水洗浄機能付トイレ・冷暖房設備・テレビ配線・電話配線」とある。さらに「二四時間三六五日看護職員が常駐」とあるが、看護師と書いていないのが気になった。後日、サポーター講座の担当者に伺ったところ、看護師であるとのことであった。

さらに「入所対象者は要介護者でなくとも、受け入れ可能」との事。入所契約時に「保証金として一〇〇万円が必要」とある。要介護⑤（ほぼ寝たきり状態）の入居金0円の一ヵ月の自己負担見込み額は、四一三、六一九円とあるが、これには、入居者の住民登録のある市区町村の補助金の自己負担分の二七、四六九円が含まれるという。「当ホームは医療機関ではありませんので入院加療が必要になった場合は医療機関での治療が必要になります。ご入居者個人のおむつ代、医療費、嗜好品購入費等は上記料金には含まれていません」とある。

要介護度③以上の場合はざっと見積もっても、一カ月当たり五十万円近い費用が必要になる。「どのような人が入所されているのですか」との質問には「特養に入所されるまでの繋ぎにご利用する方が多いです」との答えが返って来た。

▼介護老人保健施設（通称＝老健）

事業主体＝医療法人、社会福祉法人、地方公共団体など／入所対象者　介護認定を受けた人が入所できるリハビリを目的とした医療系の施設であるが、施設や在宅でけがや病気で入院加療を受けた後、病状が安定し、リハビリを要する状態に回復した人も受け入れている。病院から家、病院から介護老人福祉施設（特養）に移行する中間をサポートする施設でもある。

入所対象者は、看護・介護を必要とする①〜⑤の要介護者／入所期限　一般的には三〜六ヵ月の施設が多く、ケアプランの見直しを行い決める／費用　要介護③（食事や排泄に一部介助が必要、入浴や衣服の着脱に介助を要する）の場合　多床室　一ヵ月一一五、八〇〇円その他リハビリテーション加算、療養食加算、等がある。その他日常生活費。詳細は利用者個人により異なる。／医師、看護師、理学療法士、作業療法士常駐。

〈医療法人E社団　Mリハケアセンター〉

その次に訪ねたのは、三鷹市にある医療法人が運営している介護老人保健施設だった。ベッド数百床（四床室十九、二床室一、個室二十二室）。開設は二〇〇五年五月、鉄筋コンクリート造四階建の明るい雰囲気の施設で、自然木をふんだんに盛り込んだ、ロビーや廊下、居室、ベッド、食堂などはもとよりテーブルや椅子も木製である。全体がゆったりとしており、職員の人たちも穏やかに対応していた。施設長はどの様な質問にも嫌がらずに応対、入居者のプライバシーに抵触しない範囲で施設内をゆっくり案内してくれた。

要介護⑤の多床室（四人部屋）利用の場合、負担限度額段階4（住民税の額でランク分け、多分私たちは該当）の一ヵ月三十日当たりの基本料金＋食費＋居住費＋教養娯楽費（最低限の費用）の利用料は、一〇七、九七〇円。ちなみに個室の場合は三四七、四六〇円。三一日の月は、三、五九九円が加算される。そのほかに詳細な利用加算一覧があり、多床室は、それらと日常生活費を含めるとおおよそ十五万～十八万円位になるようだ。入所期限は一般的には三～六ヵ月とのこと。認知症の人も受け入れており、交通の便もよく、入所希望者は多い。常に百人前後の人が順番を待っているとのことだった。

〈一般財団法人T会　A介護老人保健施設〉

最後に見学したのは「地域支援サポーター養成講座」を開講してくれた法人の施設である。我が家から徒歩七分の場所にありながら、散歩の途中に外観を見ることはあっても関心を持って見たことはなかった。講座二日目、理事長の「T会の理念と高齢者ケアの理解」の講義で、病院は一九五三年に結核療養所として発足、一九五五年頃に一般病院となったと説明があった。診療科目も内科・整形外科・皮膚科だけで、建物も古く暗い雰囲気だった。二十数年前に左足のくるぶしに出来たガングリオンを治療してもらった以外に通院したことはなかった。講座で久しぶりに病院や一九九四年に開設されたという介護施設を訪ねた。

診療科目もリハビリテーション科、小児科が加わり、介護老人保健施設に隣接して働く母親のための病児・病後児保育室もある。さらには隣接市の小金井市で老健やグループホーム、訪問看護ステーション、等を運営している。

A介護老人保健施設は、個室三、二人部屋六、四人部屋八室で定員は四十七名、通所三十名の施設である。リハビリ室と通所者の居場所がやや手狭ということを除けば、病院に併設されている施設ということもあり、利用する時のことを考えるとほっとできる。利用料金は、先に挙げた〈医療法人E社団　Mリハケアセンター〉より安目である。入所者に地元の人が多く、プライバシーの観点から居室の見学はできなかった。

すぐ近くに二〇一〇年に開設された同法人の、個室五、四人部屋四室、定員二十一名、通所二十名のA介護老人保健施設別館アネックスがある。利用料金はA介護老人保健施設より高いが、認知症の人も受け入れており、入所者一人あたりの介護者も多くゆったりした雰囲気の施設である。ターミナルケアに向けては、家族の希望がある場合に限り、対応しているとのこと。年間一～二名の方が安らかに最期を迎えておられるという。介護老人保健施設の位置付けではあるが、二〇一八年三月末に廃止が予定されている介護療養型医療施設の機能を持たせているように私には思えた。

思いがけなく緑内障の診断が出た自分もだが、パーキンソン病と前立腺がんを患っている連れ合いはその時には八十歳を迎える。病気が進みだした夫の先行きを思うと心は波立つが、別館アネックスの柔軟な対応が、今後も続いて欲しいと願わずにはいられない。自宅のすぐ近くにこのような施設があるのは心強い限りである。

▼介護療養型医療施設（通称＝療養型）

事業主体＝医療法人、地方公共団体、一般社団法人等／入所対象者　療養上の管理、看護、医学的管理を伴う介護、一定の医療急性期の治療を終え、長期の療養を要する人の医療施設／入所期限　三ヵ月以上の施設が多いが、入所期限を決めていない施設もある／費用　多床室　食費、日常生活費などの保険外負担費を含めて一ヵ月十五万円〜十八万円、室料差額は個室、二人室は別途／医師、看護師常駐。

参考文献にした竹下さくら著『介護が必要になった時に読む本』によると、「この形態の施設は二〇一八年三月末に廃止が予定されている」とある。その理由として「医療や看護をほとんど必要としない入所者が約半数を占めている現状もあるため、医療費抑制の視点から……」。

二〇一三年十月六日の朝日新聞一面のトップに「認知症入居者に過剰診療か」の記事。それによると、過剰診療だけではなく架空診療の疑いがあるとも書かれている。介護療養型医療施設での事例を指しているようだ。施設だけではなく医療費の抑制は大きな問題となっているが、認知症や病気やケガの後遺症で家族の手に余る重度の障害を持ち、介護療養型医療施設に頼らざるを得ない人はどうするのか？　受け皿はあるのだろうか。老い先の見えるわが身としては考えさせられる課題が残った。

施設見学を終えて

自分達は、在宅で終末期を過ごしたいと願っていることもあり、どの施設にも心は動かなかった。しかし、どんなことが起きるかが分からない年齢になった私たちである。自分の目で施設を見ることが出来て、地域に受け皿が有ることが分かり、「いざとなった時に慌てずに済む」という安心感をもらえた。地域支援サポーター養成講座に出会ったお陰である。タイミングよく思いがけない人生の最期を地域で穏やかに迎えるためのノウハウを学ばせてもらい、連れ合いともお互いがおひとり様になった時のことを話し合うことが出来た。

地域支援サポーター養成講座を受講してから二年が過ぎ、中央線の複々線化の完成も最終段階にはいり、我がまちの様相も大きく変わった。講座を開催してくれた一般財団法人Ｔ会は、地域や働く女性の要望に応えて、小児科・病児・病後児保育室をＪＲ武蔵境駅近くの高架下に移設した。

この稿を書くに当たり、いくつかの疑問や理解できていなかった点を、地域支援サポーター養成講座の担当者Ｋさんにお聞きし、貴重な助言をいただきお世話になりました。

二〇一五年八月

敗戦から七十年の節目の二〇一五年、安倍政権のもと、信じられない政策が次々に繰り出され、弱者への風当たりはますます厳しくなっている。要支援①②は介護の対象から外された。朝日新聞の二〇一五年二月六日夕刊の一面トップに「特養減額　在宅に重点」の見出しが躍る。三年に一度の介護報酬の見直し案のアウトラインが掲載されていた。高齢者福祉の介護の根幹とも言える介護報酬改定が二〇一五年四月に決まった。

介護報酬の内容は介護を受けていない人には分かりにくいが、要約するとざっと次のようになる。介護サービス事業者や施設が、利用者にサービスを提供した場合、その事業者に支払われるサービスの値段を報酬という。原則として報酬の一割は利用者の負担で、九割は保険料と公費である介護保険から支払われる。

これから介護を必要とする私たちには見逃せない記事であり、国が市区町村に介護を丸投げしている現状では、住むまちの介護行政と、介護される立場でどんな介護を受けられるのかの目配りを忘れてはならないとあらためて気が付いた。

都市部に住んでいる私たちは、買い物難民や介護難民の危機を感じることなく、安閑と地域に住んでいるが、亡父母の郷里に住む八三歳の叔母夫婦は、町に住む息子夫婦の手を借りて食材を確保している。叔母の連れ合いは狭心症を患い、右目は緑内障でほとんど見えなくなっている。病院に行くバスの便は、朝夕だけになり日中の運行は二便だけになったという。要介護の対象にありながら、介護施設へは、車で一時間もかかるうえに空きがない。訪問看護師も人手がないとの理由で訪れた事がないという。過疎化の波が高齢者を容赦なく苦境に追い込んでいる。

介護保険制度がスタートしたのは二〇〇〇年四月、当初は実父母や義父母の介護の担い手であった嫁や娘の重荷の軽減を目的に出来た制度であったが、高齢者人口の増加に伴い、老老介護が当たり前になり、少子化世代の夫婦が四人の親たちを看るという事態も多くなり、親世代も自分の終末期をどう生きたいかを考えるようになった。シングルで生きて来た人はいうに及ばす、よほどの幸運に恵まれない限り、どちらかがおひとり様で終末を迎える。多くの人は出来る限り制度を利用することなく、在宅で健康寿命を全うしたいと願っているが、命の終末や死後の後始末は他人様の手を借りないわけにはいかない。

この稿を書き始めていつの間にか二年が過ぎ、国の政策が施設介護から在宅介護へと大きく舵を切ったうえに、前に書いたように介護報酬の改定も行われる。介護現場に積極的にかかわる若い人手が増えるとは思えない。高齢者の「在宅で終わりたい」の思いをどう実現していけばいいのか。社会学者として著名な上野千鶴子氏は、我がまちの『季刊むさしの』(No.108 二〇一四年秋号)に「福祉先進都市・武蔵野市で安心する豊かな老後を生きたい」として三年前に武蔵野市に転居された理由の一文を寄せておられる。その中に「日本では現在、約八割の人が人生の最期を病院で迎えています。(中略)自分の家で最期を迎えたい。その願いをかなえるには多くの支える手が必要です」とある。真っ当なこの一文が、最近虚しく思える。この章の冒頭に書いた介護の信じられない政策が、私たちの人生の最期の思いを打ち砕こうとしている。

安保法制同様、あきらめずに日本国憲法第二十五条を拠り所に誰もが自分の望む場所で最期を迎えることができる介護制度の実現を目指したい。

(むろやちよこ　一九四一年生まれ)

中国の友人と手を取り合って生きていく。きっとできますよね。人権の問題とか、心配だけど、英知を信じたいと願う日々を迎えています

別所　美枝子

長江の上で母国の大地震を知った

二〇一一年三月十一日、未曾有の大災害となった「東日本大震災」が発生したとき、私は中国の長江を航行する船に乗っていた。前の年の十二月初め、友人のTさんから「長江の船旅十一日間」というツアーに誘われた。重慶から上海まで二千三百キロを、流域の観光スポットに立ち寄りながら下っていく旅だ。

一九九八年五月に私は、長江三峡下りを体験している。三峡とは重慶から宜昌（ぎしょう）まで六百五十キロの間にある大峡谷の総称だ。三ヵ所あるのでそう呼ばれる。前年の十一月から三峡ダム建設の工事が始まっていたが、長江の水位はまだ上昇していなかった。

ダムが完成すれば、岸壁に刻まれた李白の詩「早（つと）に白帝城を発つ」は水中深く沈む。詩の一節「朝に辞す白帝彩雲の間、千里の江陵（荊州）一日にして還る」のとおり、朝、白帝城を発って、その日のうちに荊州へ到着した。水量豊かな長江が、狭い峡谷を一気に流れるさまは迫力満点だ。四泊五日の旅であったが、刻々と表情を変えていく三峡の景観を心ゆくまで堪能した。素晴らしければ素晴ら

しいほど、私の胸はチクリと痛んだ。外国人の私が、と、申し訳ない気持ちになるのだ。願ってもかなえられない多くの中国の人々に。

Tさんのお誘いに心が動いたのは、完成した三峡ダムを目にしたかったからだ。長江のその後の姿も気にかかっていた。中国入りした日は上海空港近くのホテルで一泊。翌日は空路、重慶を目指す。この日から帰国するまで、宿泊は船の中。部屋の造りは一般のホテルと変わらない。その上、各部屋にバルコニーまでついている。

乗船する前に重慶の街を散策する。バスを降りてびっくり。街路樹も植込みも、砂ぼこりを厚くかぶっている。道路沿いに縦列駐車している何十台もの乗用車も同様だ。ベンツまでも。何日も雨が降っていないのだろう。空は一面どんよりと曇っている。スモッグかと思ったら霧なのだという。

ツアー客は総勢百四十二人。ほとんどはシニア世代。日本全国からみえている。ご夫婦で参加している方が圧倒的に多い。修学旅行のように列をなして進む。何人かの方は杖を用いている。車椅子の女性もいる。七人の添乗員さんが行き届いた世話をしてくださる。

「大きな地震で怖かったですね。無事に帰国されましたか」

三月十一日十九時二十二分、私の携帯電話に地震の第一報が入った。東京に住む友人のYさんからだった。私は彼女に旅の詳しい日程を伝えていなかった。まだ中国にいたが、Yさんは、既に私が日本に戻っていると思い、電話をくれたのだ。このとき、Tさんと私は広い船内レストランで夕食のテーブルを囲んでいた。

部屋に戻り、真っ先にテレビのリモコンを操作した。CNNにアクセスできた。東北地方を襲った大津波の瞬間が鮮明に映し出される。女性の叫び声が聞こえたが、たちまちかき消され、人も家も車も樹木もあっという間に高波にさらわれていく。すぐに戻ってくるが、家は壊され、元の材木となっていた。がれきの間に海水が入り込んで流れを作る。人が蛇行して流されていく。同じ個所をぐるぐる回って流されている人たちも……。むごすぎる。私は顔に手を当てて、「ああ、ああ」と繰り返していた。テレビの画面が次第にぼやけていった。

十三日に娘からメールが入り、本人も家族も無事だという。私はほっとしたが、Tさんは妹さんと連絡が取れなくなっていた。Tさんの郷里は福島県の南相馬市。大津波でたくさんの被害者を出したところだ。妹さんはそこで一人暮らしをされていた。家は浜から三百メートルのところ。絶望的とTさんは言われる。

観光はスケジュールどおりに行われている。部屋にいるときはテレビをつけていた。いつつけてもジャパンのニュースだ。私は電子辞書で難しいことばと格闘していた。NHKを見られたらと、私たちは心底思った。

十四日に福島原発が水素爆発を起こした。それが何を意味するかよく分からなかったが、放射能の恐怖を強く感じた。夜おそく、私たちは互いのベッドに腰かけて向かい合っていた。Tさんは私を屹と見つめて言った。「東京圏の人たちに電力を送るために福島の人間は犠牲になって被曝してしまう。東京湾に原発を造ればいいのよ」。私は返す言葉もなかった。Tさんは続けた。「妹は原発反対を唱えていたのに、誘致によって大金が県に入るため、半数以上の人が賛成してしまった」と。

地震から数日たって、妹さんが無事でいらしたことが添乗員さんから知らされた。これほど嬉しいことはなかった。

バルコニーに出て河面を眺めると、長江の水はきれいだ。中流を過ぎても。前回来たとき茶色に濁っていたのは、増水期だったからだ。三峡の景観は以前と変わらなかった。

「この木の根元よ、身を寄せ合ったのは」

あのとき、日本を出国していなかったならば、間違いなくその時間そこにいたと思われる場所がある。新宿駅から都庁方面に向かう地下道を抜けたところに立つ木の根元だ。

毎週金曜日、新宿住友ビルで英会話の授業を受けている。その日、受講仲間である友人たち四人は、一時十五分に授業が終わると、近くのレストランで昼食をとり帰路についた。地下道の中ほどまでさしかかったときに、巨大地震に襲われた。友人たちは離れ離れにならないようしっかり手をつないで、来た道を必死で戻ったという。地上に出ると、近くにあった木の根元に身を寄せた。

「地下道の天井がガシャガシャ音がして、蛍光灯が今にも割れて落ちてきそうだったの。外へ出ても恐ろしくて建物のそばに近寄れなかった。高層ビルがね、振り子のように揺れて、こうよ……」

後に授業で落ち合ったとき、Nさんは腕を左右に大きく振ってみせながらあの日のことを語るのだった。反対の方向からは、都庁のビルが倒れて覆いかぶさってくるのではと、おののいたという。どれほど恐かったか、体験しなかった私には想像を絶する。新宿に住むNさんは、この日、遠くから来ていた二人の友を自宅に泊めた。

さきほど書いたように、あのとき私は異国の大河の上で大震災の報に接した。多くの日本人より一足先に原発事故の事実を知り、底知れぬ恐怖に怯えていた。大震災の三日後、アメリカのCNNテレビのリポーターは、体を支えるかのように両の手のひらをテーブルに置き、沈痛な面持ちで「フクシマ　ニュークリア　パワープラント　メルトダウン」と繰り返していた。えっ、メルトダウン！　ウランから作った燃料棒が溶融して落下したというのか！　えっ、放射能がもれ出しているというのか。私は凍りついた。

真っ先に頭に浮かんだのは、一九八六年四月に起きたチェルノブイリ原発事故。旧ソ連（現ウクライナ）のチェルノブイリ原発四号炉で電源喪失時を想定した実験をしている最中に原子炉が暴走して爆発した。当初、事故処理作業にあたっていた三十三人が死亡したと公表され、二〇〇五年九月、IAEA（国際原子力機関）が死者四千人という公式見解を公表、さらにWHO（世界保健機関）などが推計一万六千件、五万五千件など膨大な死者数を公表している。放射能汚染はヨーロッパ各国に広がり、健康被害、農作物被害が懸念され続けている。多数の村が廃墟となり、さらに、何とも痛ましいのは、子どもたちに甲状腺がんが増加したという報告だ。

私が凍りついたのは、日本はこれから苦難の歳月を重ねて行くことになるのが目に見えたからだ。「のどもと過ぎれば……」などという境地になろうはずもない。震災後何年もたつのに、原発事故による汚染は、未解決のままだ。被災地の復興の槌音は、なかなか大きくならない。

福島は次男の妻の故郷。実家は郡山市にある。浜通りからはかなり離れているので、深刻な被害はなかったとはいえ、放射能汚染の心配はある。ママはかわいいさかりの兄妹たちを連れてお里帰りができなくなった。ご両親のお気持ちは、察するに余りある。

一九六四年、東海道新幹線が開通した。それ以来、次々と各地に新幹線が登場する。電車を降りると、エスカレーターが「さあ、お乗りなさい」とウィンクしてみせる。電気の消費量は、相当なものになったことだろう。

海外へ出て初めて気がつくことがある。イタリアのホテルのエレベーター乗り場は真っ暗で、人が行くと照明がついた。ベルギーの駅のエスカレーターもセンサーで動き出した。我が家の最寄り駅の階段は四十四段。上ってもさほど苦にはならない。電車を降りると、若くて健康な人たちまで一斉にエスカレーターをめざす。本来は歩行に不自由な人たちのためのはず。しかし、あれば健常者も若い人もつい利用してしまうのだろう。

私たちは電力を湯水のように浪費して快適な生活を手に入れている。それを支えてきたのが、原発だったともいえる。原発事故の報道を耳にするたびに恐怖に駆られていたが、特別な働きかけをしてきたわけでもない。そんな私ではあるが、一つだけいい思い出がある。

娘の次男が小学二年のときの誕生日に、私はバースデーケーキと『ひろしまのピカ』という丸木俊さんの絵本をプレゼントに持って行った。絵本といっても、かなり長い物語だ。ダイニングテーブルの椅子に座っている私の横で、孫は直立不動の姿勢で一気に読んで聞かせてくれた。俊さんは、ご主人の位里さんとともに反原発の姿勢を貫かれた方だ。孫は四年生になると、この本の感想文を書いた。それが選ばれて給食の時間に校内放送で読み上げられた。少しでも多くの子どもたちに核の恐ろしさが伝わってくれたら、と私は願う。

妹は、このたびの震災で人生観が変わってしまったという。ワインやビールが好きな人だが、アルコールを断って、月に一度一万円を義援金として送り続けるという。多くの友達にも宣言したそうだ。妹のところは年金暮らしだ。私はそこまではとても出来ないが、電気料や消費税の値上げはやむを得ないと考えている。


「この木の根元よ、身を寄せたところは」

そこを通ると、九十歳になられる友はいつもそう言う。

日本国憲法と孫文と毛沢東と、そして「長江群青」と……

再び「長江クルーズ」のことを書く。

あの大河は何百もの支流を持つ。三峡ダムが完成すると、支流の水位も上昇した。川幅が広くなり、観光客を乗せた船が支流の奥地まで入っていけるようになった。入国して五日目、私たちは中型船に乗り込み、長江中流域に位置する神農渓谷という秘境を遊覧する。川幅が次第に細くなり、途中、オレンジ色のライフジャケットを身につけてボートに乗り換える。川底の石がはっきり見て取れるほど水がきれいだ。左右は切り立つ断崖。その上のほうには豊かな緑が広がる。前方はるかかなたには青くかすむ山々。川はゆるやかに蛇行しているので、眺めは刻一刻と変わる。

ボートが着いたのは、湖北省巴東にある山間の町。船旅の起点重慶は、古代巴という国だった。その東にあたるから巴東。分かりやすい。長江の流域には、中国最大の湖、洞庭湖もある。その美しさは唐詩にも詠まれてきた。ここの水も長江に流れ込む。地図を見ると、湖北省は洞庭湖の北に位置する。巴東では「歓迎」の意を表する垂れ幕や幟が目立った。歴史を感じさせる重厚な造りのお寺などもある。先住民族の土家族（とちゃ）の民族舞踏や演劇を見る。何百人もの若い男女が楽しそうに参加しているのが印象的だった。ここで週刊誌大の『中国神農渓』というカラー写真集と絵葉書を手に入れた。写真集の一ページ目に細かい活字で神農渓谷を紹介している。英訳が隣のページにある。同じスペースに収めてあるので、英字はケシ粒のよう。日本語版はない。

「自然は美を創造し、人類は美を求める……」という言葉に始まって、まず登場するのが伝説上の初代中国皇帝、炎帝。この地を訪れたとき皇帝は、断崖絶壁にはしごをかけた。その上には、国民の病を治す薬草があるからだ。巴東は薬草の宝庫だという。

唐の時代に杜甫も訪れていたのでびっくり。神農渓谷遊覧の旅を即興で詠んでいる。英訳を参考にして翻訳に挑戦してみた。

「長い蛇のようにはるばると川は流れてくる／村々を優しく包み人々もこれを迎える／一艘の小舟で龍宮城に入ると山人の粗末な家々が見える／冬には松や杉の緑が輝き／春には桃や李（すもも）の花々が華やぐ」

中国人による英訳は意訳の度合いが甚だしい。私はやはり原詩に添って訳してみた。

写真集と絵葉書にショッキングな写真がある。男性四人が一糸もまとわないでボートを引いている図だ。後ろ姿で撮り方に工夫はされている。労働で鍛え上げた肉体は美しいかもしれないが、観光用の冊子にはふさわしいとは思えない。現地ガイドさんは説明した。下着をつけていると、水に濡れて乾いたとき布がごわごわになる。それを繰り返すと肌を痛めるから、と。岩や小石に直接触れるほうがよほど危険ではないのか。ふと思った。麻のような荒いタッチの天然繊維の布しか手に入らなかったのではと。

紹介文の英訳を、ルーペを使って全文読んでみた。一列に英字が百七十字余り。それが四十段。読んでいるうちに列を間違えてしまうので、物差しをあてがった。中国語の本文は画数の多い漢字が少なくない。一九九七年の発行なのに。辞書を引く気が失せる。苦労して読んで良かった。全裸でボートを引く人たちの真実に近づけたからだ。

「神農渓谷には三つの謎がある。一つは絶壁の割れ目に置かれた古代人の棺。二つ目は口の短い金色の猿。そして三つ目は人を当惑させる未開人。彼らは古代巴人や、別の民族の子孫。風変わりな風俗や習慣を守り通して、この地に何世紀も住み続けている」

同じ地域で生活する同国人を未開人と呼び、観光客を集める手段にしてしまう。あまりにも悲し過ぎる。ひょっとして「ヤラセ」なのか。その風俗はすでに過去のものになっていたのではないか。

十数年前、私は中国人留学生に中国語会話の個人指導を受けていた。合間に聞かせてくれる中国の生の生活には想像を絶するものがあった。たとえば貧しさ。外出用のズボンが一家に一着しかない家庭が珍しくなかった。二人以上が同時に出掛けるときは、よそから借りるのだという。ボートを引く人たちの暮らし向きも相当厳しかったに違いない。木綿の肌着など手に入らなかったのだろう。貧しさゆえに学校にも通えなかった。当然他民族との交流は生まれない。文字も読めない。自分たちの風俗に疑問を抱くことは出来なかったのではないか。彼らに手を差し延べようという声は、民間から上がらないのか。

日本国憲法第十三条が頭をよぎる。「すべて国民は、個人として尊重される。」

神農渓谷を楽しんだ日の午後、船はいよいよ三峡ダムに向かう。こちらは全て人間の手で造り上げた。孫文、毛沢東の悲願でもあった。高い所に上がってダムを一望する。あまりの広さに圧倒される。ダム上流の最高水位は百七十五メートル。上下流の水位差は百十三メートル。船は密閉された昇降機に入り、五階段船用閘門(こうもん)を三時間で通過した。

長江の年間流出量は、日本全国の河川のそれに匹敵するという。それを人間の力で制した。三峡ダムは年間一千億キロワットの発電能力を持つそうだ。火力発電に比べると、毎年五千万トン余りの石炭を節約でき、一億二千万トンの二酸化炭素、一万トンの一酸化炭素の排出を減らすという。水力発電はクリーンなエネルギーだ。中国の選択に、私は深い感動をおぼえずにはいられない。

かつて長江は揚子江の名で知られていた。が、それは実は長江下流の一部を指す。チベット高原の山岳地帯に源を発し、東を目指して南方中国の大陸を六千三百キロ奔流し、上海付近で太平洋に注ぐ。支流七百本以上。流域の水資源としては黄河の十九倍に及ぶという。孫文、毛沢東の悲願、長江三峡ダムの建設が中国の一大国家事業として現実のものとなり、一九九三年、着工、九七年、河の堰き止め成功、二〇〇三年、貯水開始。私が最初に三峡クルーズを楽しんだのは九八年、貯水が始まる前の絶景を堪能した。

ダムは巨大な電力を提供するだけではない。洪水という大災害から人びとを解放する。驚くべき話も聞いた。長江が大災害を起こしそうになると、重慶を守るために中流や下流の堤防を破壊する場合もあるのだという。大工業地帯である重慶は中国の心臓部だからだ。

私の家の居間の壁に、長江を描いた絵が掲げてある。安野光雅さんの「長江群青」。縦五十六センチ、横七十五センチ。日本橋のデパートで開かれた「安野光雅美術展」で出会い、たちまち魅了された。長江の岩山をラピス色で表現してあったからだ。宝石ラピスラズリの色だから、群青色を私は勝手にラピス色と呼んでいる。

絵は、八十枚限定のリトグラフ。デジタル方式で精巧に仕上げてあります、と係の人が説明する。既に六十一枚に売約済みの印がある。母が遺してくれたものをまだ使い切っていなかった。私は即決で買い求めた。

「長江群青」は、食卓を置いた部屋の壁におさまっている。椅子にかけて対話できるよう低めに飾った。居間にいても台所で仕事をしていてもすぐ目に入る。

ラピス色には不思議な作用がある。眺めていると次第に元気になり、気持ちがしゃんとしてくる。安野さんは中国全土一万キロを四年かけて取材旅行された。そうして完成したのが『絵本三国志』。はじめ「週刊朝日」に掲載されていた。この本に「長江群青」もおさめられている。久々に開いて私は驚いた。「群青の顔料ラピスラズリは北京で手に入れた」と安野さんが書いているのだ。

長江で悲しい事故が発生した。二〇一五年六月一日夜、乗客乗員四百五十六人を乗せたクルーズ船

「東方之星号」（二千二百トン）が転覆し、四百数十人の死者行方不明者を出す大惨事。私たちが乗船したとき、大河の流れはずっと穏やかだった。信じられない。ひとごととは思えない。自宅の壁を飾る「長江群青」の前でそっと手を合わせる。込み上げてくるものをおさえられない。

中国語を学んだ。中国の文化を学んだ。長江を訪ねた。かつて日本軍が無差別爆撃した重慶も訪ねた。列強の仲間入りをして踏み込んだ上海も訪ねた。私の足跡は中国各地に記されていった。こうして私はあの国に深入りしていった。旅先で故国の大震災に震えあがった。長江の惨事に胸を痛めた。

何かと政治が問題を起こしがちな、すぐ隣の国、はるか昔から日本人が多くを学んできた国。私はいま、縁の深いあの国の人びとと寄り添いながら、親しく、優しく生きていきたいと、願っている。稀有な旅をさせて頂いた人びとに感謝したい。その機会を認めてくれた家族に感謝したい。

（べっしょみえこ　一九四一年生まれ）

激動の昭和を生き抜いた画家、大山柳子さん。はい、語り合いましたね。軍部や右翼が乱暴狼藉する歴史でした。絶対に繰り返してなるもんか！

熊井　眞知子

「話し相手になってみない？」

手元にセピア色の写真がある。一枚は、大山郁夫氏のプロフィール。「大山京都」と左下に刻印が押されていて、アルバムからはがしたあとがある。選挙用のポスターにでも使ったのか。鼻の下の髭には白髪が半分まじり、眼鏡の奥の目が優しい。ワイシャツに毛糸のベストを着、その上に背広の上着をはおっている。寒い季節だったのか。

一九五〇年、大山氏は参議院選挙京都地方区から立候補した。「わたしもまた京都を中心に全国区で、ともに無所属、民主統一戦線を標榜してたたかった」と書くのは櫛田ふきさん。作家、宮本百合子さんらと婦人民主クラブ結成に参加、委員長、日本婦人団体連合会会長を務め、二〇〇一年、百一歳で亡くなったこの国の女性解放、平和運動の〝先達〟である。

大山氏は見事当選。つづく京都府知事選で蜷川虎三氏も当選。「日本の夜明けは京都から」と言われた。

一九五〇年といえば、朝鮮戦争が始まった年だ。ＧＨＱも今までの民主化のふりをかなぐり捨て、本音の刃をむきだしにして、民主勢力をつぶそうとした。

写真二枚目。大山郁夫氏が新聞を広げている。籐の椅子に座り、写真を撮る人にわかりやすそうに新聞を傾けている。

朝日新聞。大型の横見出し。文字の濃い活字。「共産党中央委員会全員に追放指令」とある。横に小文字で「徳田氏ら廿四氏に」。日付が分からない。戦後の共産党は衆議院で三十五名当選した。十五年戦争に体を張って一貫して反対した結果だ。だが、「追放指令」を境に共産党は地下活動（非合法活動）に入った。私の父も、家に帰らなくなった。大山さんも危なかったのではないか。一九五三年、大山氏はレーニン平和賞を受賞した。夫妻はモスクワでの盛儀に出席し、世界的な平和活動家として祝福されて栄えある勲章を受理した。

写真三枚目。郁夫氏に寄り添っている柳子夫人は、レースのハイネックカラーにブローチをつけ、胸元の大きな丸いカットレースにビロードの黒いドレス。黒い長い手袋をしている。髪は豊かな黒髪で、聡明そうな広い額にウェーブがかかっている。

そのウェーブのかかった黒髪が真っ白になったころ、私は初めて大山柳子さんに会った。一九七五年春のことだった。私の長男太郎が一歳になって、申請していた保育園に入れた年。ある日、母から電話で、頼みがあるという。

「あなたの所、小滝橋に近いでしょ」

「まあ、車で三十分くらいだけどね」

「小滝橋にね、大山柳子さんが住んでるの」

「大山郁夫氏の奥さんね」

「一日中、誰とも話さない日が多いんだって。お掃除がてら話し相手になって欲しいんだけど」

「えっ、そんな偉い人の話し相手？」

「あのね、めったな人に頼めないのよ」

「うん、まあ、わかるけど、掃除してお茶飲めばいいのね。昭和史を学べるかもね」

「やってくれる？　関さん（私の旧姓）のお嬢さんならと櫛田さんに言われちゃったのよ」

その頃、母は新日本婦人の会の東京都の会長をしていて、櫛田さんと親しい。

大山家に通い始めた。一週間に一度程だった。私は柳子さんのとりこになった。卵の白身で手入れしている白髪は豊かで、ふくみのある声は、何とも魅力的だった。特に嬉しいことを話すときは、笑いながらの声が私の耳に快く響いた。

「これで掃除してたの。アメリカから持ってきた」と出してくれた古き良き時代の掃除機はくせものだった。途中で止まってしまう。けとばすと、またうなり声を上げて動く。その繰り返しだった。

私はとうとう家から掃除機を積んで、軽自動車で運ぶことにした。アトリエと隣の居間と柳子さんの座る畳の間に掃除機をかけ、台所の古い板敷きをふき、窓わくなど気の付いた所を雑巾がけした。

二階は息子さんの家族が住んでいるらしい。出入口がちがうので、会ったことがない。ご主人、つまり柳子さんの次男は、成蹊大学の教授でドイツ文学が専門だそうだ。それならブレヒトに詳しいかな、なんて思った。

掃除が終わってからのお茶のひとときで、歴史的なこともたくさん聞けたが、私的なことも話してくれるようになった。

長男は、学習院の初等科の頃、ある日、天皇を出迎える係に選ばれて、炎天下に並ばされた。天皇の到着が遅れ、長男は倒れた。脳膜炎だったそうだ。

ある時、押し入れを開けて、小さな学習院のバッジの付いた帽子を、柳子さんは愛おしそうに、ちょっと付いているほこりを払いながら私に見せてくれた。

長女陽子さんと次男の赤ん坊は、大山夫妻がアメリカに亡命する時に親類にあずけたという。その時は一、二年で帰るつもりでいたのだ。まさか太平洋戦争が始まって帰国できず、アメリカ滞在が十八年にも及ぶとは思いもしなかった。

その間、陽子さんは腸チフスにかかって亡くなったとの知らせがあったという。何と無念だったことか。柳子さんの心中を思って私も涙した。

一度だけ、二階にいる孫の男性が降りてきたことがある。学生のようだった。何だか青ざめた顔で、ひきこもりじゃないかと疑った。柳子さんの心が弾んではしゃいでいるようだった。こういうことはめったにないのだろう。

三人でお茶を飲んだ。柳子さんが「この方が、こうするのよ」と言って、私がせんべいの間にチーズをはさんでギュッと押して食べると結構お腹の足しになる、とやってみせた。彼にも持たせて食べさせると、柳子さんは「どう？　おいしいでしょ」と楽しそうに笑った。めったに笑わないであろう彼の顔が、赤みをさして微笑んだ。

郁夫氏との馴れ初めを聞いたことがある。柳子さんは目を細めて、嬉しそうに話してくれた。柳子さんの旧姓は水野という。「へえ、水野柳子なんて、なんて美しい名前なんでしょう」と私は言った。京都の名家のお嬢さんだった。

「本当はね、他に嫁ぐことが決まってたの。そうしたらね、あれはなんの園遊会だったか、大山が私に一目惚れしたのか、いろいろ声をかけてきてね、画家をめざすなら、ああしたらいい、こうしたらいいと、勝手に言うの」

「ハハハ、柳子さんも悪い気はしなかった?」

「まあね。そのうちどうしても結婚して欲しいって、家まで来てね」

「だって、柳子さんは決まった人がいらっしゃったんでしょ?」

「でもなんだか気に入らなかった。女だてらに絵を描くなんて許さないって言うし」

「大山氏は絵を描くの賛成だったものね」

これで分かった。柳子さんが「大山がね」と話す言い方には、本当に心いっぱいの気持が溢れていた。

民主主義を破壊する画策と闘う生涯だった

私が「大山郁夫」という名を知ったのは、小学校低学年のころだったか。映画好きの母は、亀有から五反田の方まで三人娘を引き連れて見に行った。その頃は町に映画館のない時代だったのだ。

映画は「自転車泥棒」だった。その前にニュース映像があった。飛行機のタラップを降りてくる夫妻がいた。突然、母が叫んだ。「大山さん!」と言って大きな拍手をした。私たちはびっくりして、ちょっと恥ずかしかった。それでも館内の人たちからパラパラと拍手が起きたので救われた。

後日、タラップを降りてくる夫妻と、下で迎える早稲田の学生の制服で真っ黒になった写真を新聞で見た。

当時、私が所属していた「劇団三期会」は、早稲田大学出身者が多かった。その中の一人が「あの新聞の黒の一点が僕だよ」と言うのでびっくりした。今思えば、郁夫氏の後ろの白い帽子のしゃれた夫人が柳子さんだ。

図書館に行った。なるべく詳しい人名辞典を引いてみた。以下、郁夫氏のプロフィール。

「おおやま・いくお　政治学者・社会運動家。兵庫県生まれ」とあり、「1880.9.20～1955.11.30」とある。七十五歳で亡くなっている。柳子さんは、私が訪ねていた当時九十歳をすぎていたのだから、大山氏を亡くしてから二十五年近く経っていたのだ。

「一九〇五（明治三十八）年、早大政経学科卒、翌年早大講師となる。一九一〇年シカゴ大に。のちミュンヘン大に留学。一九一四（大正三）年、帰国し、翌年早大教授。

この年から『中央公論』等に論文を執筆。一九一七年、早稲田騒動（学長の地位をめぐる内紛）で早大を辞職し、『大阪朝日新聞』に論説記者として入社。一九一八年、白虹事件により長谷川如是閑らと同社を退社。翌年、如是閑らと雑誌『我等』を創刊し、民本主義の論陣をはる。

一九二一年、早大に復帰。『政治の社会的基礎』『現代日本の政治過程』を著し、科学としての政治学確立につとめる。一九二四年には政治研究会に参加し、無産政党の組織化に尽力。一九二六年十二月、労働農民党委員長に就任。早大教授を辞して実践運動に専念する。一九二八年、第一回普通選挙で香川から立候補したが、激しい選挙干渉で落選。その直後、労農党は結社禁止になり、再建に尽力し、河上肇らと一九二九（昭和四）年新労農党を結成し委員長となる。一九三〇年衆議院議員に当選。一九三一年、全国大衆党と合同して全国労農大衆党が結成されると第一線を退いた。

一九三二年渡米。ノースウェスタン大教授コールグローズの援助をうけて同大政治学部研究嘱託となる。日米戦争開始後は、日本軍国主義敗北の期待と日本人の意識の葛藤に悩みながら、交換船による帰国を拒んで滞米した。

戦後一九四七年十月帰国。『内外の反動勢力』と闘う旨を宣言。翌年四月、早大に三たび復帰。一九五〇年、京都民主戦線統一会議をバックに京都地方区から参議院議員に当選。」

冒頭で櫛田ふきさんが紹介したのは、この時の参院選である。柳子さんは郁夫氏の選挙運動も共に闘った。

「早朝、宣伝カーが職業安定所前に着く。大山氏の名演説は有名で、どんな人をも魅了する」と櫛田さんは書く。次の柳子さんのあいさつを、櫛田さんはハラハラして見ていた。全く肌合いのちがう日雇い労働者にたいして、この気品の高い奥様は……。

「苦労はするものである。亡命時代は貧しくて、アメリカのガラス工場でコップや花瓶の絵付け女工として働いた苦労の話をすると、俄然日雇いのおばさんたちのまなざしが変わって、（自分たちの苦労の分かる人だ）と熱い拍手がわいた」

私もこの話を聞いていた。シカゴの陶磁器工場で絵付けをして働いた。牛やら馬やら花を。「あの陶磁器工場には芸術家がいるって評判になってね」と柳子さんは笑った。けれど、戦争が始まったころは、収容所には入れられなかったものの、郁夫さんの収入はなく、そうとう貧乏したようだ。厳寒のシカゴで柳子さんは生活を守った。

辞書の最後はこういう文章で締めくくってある。

「同年平和を守る会（のちに平和擁護日本委員会に改組）の会長。一九五一年、世界平和評議会理事となり、平和運動に挺身した。同年国際スターリン平和賞を受賞。（筆者注・レーニン平和賞の間違いではないのか）

その生涯は、民本主義から無産階級運動へ、アメリカ亡命から戦後の平和運動へと起伏が大きいが、理論と実践の統一を重視、現実問題解決への理想主義的対応において一貫していたといえる。」

由井正臣の署名がある。

もっと大山郁夫氏の肉声が聞こえる生涯伝みたいなものはないだろうか。柳子さんの話からも、立派すぎて「人間大山郁夫」があまりうかがえない。

それにもう一つ、山本宣治（山宣）との接点がどのあたりかを書いていない。同じ京都だし、労農党の党首と事務局長の間柄なのに……。柳子さんにもっともっと聞きたかった。

ある時、アトリエの物入れの上に大きな石膏があったので、柳子さんに聞いた。

「あっそれね、国吉君が山本宣治の顔を作るんだと言って彫ってた」

「えっ、あの国吉康雄ですか、画家の」

「そう。なんだか台所で書生やら画家だのがいつもご飯食べててね、出たり入ったり。私のところにちゃんと挨拶にくる男（ひと）がいてね、それが国吉君。そうそう、ご飯炊いてる女の人が二人いてね、髪がモジャモジャなの。私もね、直接注意するのも角がたつし、どうしたものかと考えてね、台所に鏡をあちこちつけたの。そしたら、たちまち櫛を入れてきれいにしたわ」

ハハハと愉快そうに笑った。柳子さんはそういう優しさに溢れたところがあったのだ。私はますますファンになった。

「山宣といえば、大山さんとは？」

「そうね、戦友だったわ。同じ京都だったし、昔から知ってたのよ。あの人は生物学者で、大山が労農党を創った時委員長でね、なんて言うの、山宣が京滋地域の長になって大山を支えてくれたの」

「神田の旅館で、右翼に殺されたんですね」

「よく知ってるわね。あの時ね、大山の方が危ないというので、護衛がこっちにたくさん付いたの。護衛といっても、べつに兵隊さんではなく、足尾銅山の労働者なの。その方たち、台所でいつもご飯食べてるの。大山が出掛けるというと、慌ててかき込んで外に出ていくの。もっと山宣の方に護衛が行ってればね」

山本薩夫さん、細川ちか子さん、下元勉さん。忘れ難い人たち

昔、山宣の生涯を描いた山本薩夫監督の「武器なき斗い」という映画を見た。お母さん役が細川ちか子さんで、山宣のお嫁さんが、渡辺美佐子さんだった。印象に残った場面が二つある。一つは、神田の旅館で、労働者風の男が山宣に話があると言うので山宣が階段から下りてくる。その男はいきなり刃物で山宣を刺す。

山宣の役は、下元勉さんだった。がっちりした体格ではなく、いかにも幼少から体が弱かったという山宣にぴったりの下元さんだった。

二つ目の場面は、細川ちか子演じる母親が、嫁に山宣の死を告げるところだ。一人息子を理不尽な死に方で亡くした母が、涙ひとつ見せず「しっかりして聞きなはれよ」と前置きして報告する場面に、なるほどどと思った。

下元勉さんの山宣もよかった。映画を見てしばらくして、俳優座劇場行きのバスに乗ったら、下元さんが同乗しているのに気付いた。思わず「山宣!」と言って握手を求めた。下元さんはニコッとして握手してくれた。「大山さーん!」と叫んだ母につくづく似てるなと、心の中で苦笑した。

それから後の後のこと、熊井宏之演出の芝居「修羅の旅して」の夫役の小沢栄太郎が、旅公演を前にして亡くなってしまった。主役の岡田茉莉子の意向もあって、下元勉に頼んだらOKだった。稽古の後、電車の中で下元氏に会った。名乗ってから、実は山宣の下元氏の大ファンになって、バスの中でこれこれしかじか……の話をしたら、連れの女性が「そういうこともあるんだね。旅は行くの?」と私に言った。

下元氏は印鑑を彫るのが趣味で、熊井と眞知子と刻んでくれた。下元氏はもう亡くなってしまったが、今でも私は大切に使わせてもらっている。神田の旅館で殺されたわけではないけれど、山宣が死んだことと重なって深く心が痛んだ。

山本宣治も人名辞典でひく。「山本宣治 1889.5.28 ~ 1929.3.5」。四十年しか生きていない。亡くなったのは、私の夫熊井宏之が生まれた年、世界大恐慌の年だ。

「生物学者・政治家。京都生まれ。京都新京極で『花簪屋』を営むクリスチャン夫婦のひとり息子」。このお店に柳子さんが女学生のころお友達とよく通ったという。

「こう、頭に飾るのやなんかきれいなの売っててね、おじさんとすっかり顔馴染みになってね」

「ということは、山宣のお父さんということ?」

「そう。おばさんは美人でね。後で旅館の女将さんになったそうよ」

人名辞典をまためくる。

「病弱のため神戸中学校を中退。宇治の別宅（後に旅館「花やしき」に発展）で花づくりなどしながら独学。『万朝報』の内村鑑三、幸徳秋水の非戦論に感動する。一九〇六（明治三十九）年、大隈重信邸の園芸見習時代に『共産党宣言』『種の起源』を購読。一九〇七年、戦後不況のため、園芸店の資金を親から出して貰えず、一旗揚げる気でカナダに渡航する。滞在五年間。前半は皿洗い、日本庭園技師、開墾、漁業などの労働に従事。後半は小学校からハイスクールへ苦学して進学。この間社会主義を勉強。大逆事件に対して憤慨の手紙を家族あてに出す。

一九一一年に帰国し、同志社普通学校、三高を経て東大動物学科に入学。東大では生物学の改革運動の金曜会で活躍する。東大卒業後、一九二〇年九月、同志社大女子科講師になり、人間中心の『人生生物学』を講義。性教育を行う。新しい学問『性科学』の確立のため努力。

一九二一年、京大講師に就任。一九二二年、来日したマーガレット・サンガーの講演を通訳し、労働者のための産児制限に共鳴。『山峨女史家族制度批判』を刊行。

一九二三年、総同盟大阪連合会の三田村四郎、野田律太らと産児制限研究会を組織。講演に東奔西走した。」

「生めよ殖やせよ」が国策で、避妊法を教えると、弁士中止となった時代のことである。山本監督の「武器なき斗い」のこの場面をよく覚えている。子だくさんなのにまた懐妊する。無理におろそうとして、冷たい川の中に入ったり、重い荷物を背負ったり、それでも産んでしまった後は、間引きをする。そんな状態の農村や労働者の家族を見かねる。

産児制限研究会は、手分けをして農村や労働者宅に入る。集まったかあちゃんたちは、話が寝床のことなので盛り上がって笑いころげる。

「うちの父ちゃんたらさ、すぐはずしちゃうんだよ」

そこで真剣に避妊の話をする。かあちゃんたちがしっかり聞き入ったところで、「弁士中止」と巡査がサーベルを鳴らして入ってくる。そんな場面があった。

辞典に戻ろう。

「一九二四年、京都労働学校設立と同時に校長に就任。同年、鳥取で産児制限について講演中、弁士中止にあい、京大から追放される。軍事教練反対運動、高校社研解散反対運動を支援。一九二六年一月、京都学連事件で家宅捜査を受け、同志社大からも追放される。」

私は、軍事教練反対運動に強く反応する。各学校の体育の時間に軍人が来て、戦争に必要なことなどを教えるというのである。

反対運動は、まず北海道の小樽商業高等学校から起こった。小林多喜二が学んだ学校だ。そこから反対運動は燎原の火のように南下した。私の父が入学した東京豊島師範でも起こった。冬の時代の当時の官憲は、当然激しい弾圧を加えた。根こそぎなくなった組織を建て直さないかと尊敬する先生に言われ、父は豊島師範に入学した。

関西では、京都大学が一番激しく抵抗した。「戦争が廊下の奥に立っていた」という句は、この大学の学生の一人が作句した。

再び辞典へ。

「一九二六年五月、労働農民党京滋支部結成と同時に教育出版部長となり、その直後に南山城小作争議の指導にあたる。こうした運動が全国的に盛り上がり、議会解散請願運動となった時に、山宣はその全国委員長に推される。

一九二七年、旧選挙法による衆議院京都五区の補欠選挙に立候補。普選の前哨戦として自転車部隊を出したり、全戸にビラを配布するなど、当時としては画期的な種々の実験を行い、選挙後『労働農民党の初陣』で選挙戦を総括し、福本イズムを批判した。対支非干渉同盟の中国行き代表に選ばれたが、宇治署に検挙された。

一九二八年二月、第一回普選には、喀血中だったが地下の日本共産党の強い要望もあり、京都二区から出馬し当選。三・一五事件、左翼三団体解散命令などの弾圧のなかで左翼の立場を守り、新党準備会と犠牲者救援の活動の先頭に立つ。第五十六議会での闘争を、治安維持法反対と帝国主義反対に絞り、各地を回って三・一五事件被告の拷問の実態を調査。衆議院予算委員会で暴露した。

治安維持法改悪（最高刑死刑、目的遂行罪の導入）を苛酷だとして反対する議員はほかにもいたが、思想弾圧法、治安維持法廃止を要求する者は彼ひとりであった。

議会開会中の一九二九年三月五日夜、神田の常宿で、労働者と偽って訪れた右翼黒田保久二に虐殺された。三・一五事件の一周年の日、京都をはじめ全国で労働葬が行われたが、弔辞までも中止を命じられた。

墓碑には大山郁夫の書で『山宣ひとり孤塁を守る。だが私は淋しくない。背後には大衆が支持してゐるから』と刻まれている。」

この碑は、信州上田の八角堂安楽寺の麓にある。ここの斉藤さんという家の庭に埋められていた。戦時中は危なかったのだ。斉藤家は山宣の協力者だった。私が初めて母に連れられて行った時の、母の説明だ。

安楽寺から南に車で走り、小高い丘の上に前山寺がある。その入口に信濃デッサン美術館があり、村山槐多（かいた）などが展示してある。前山寺の三重の塔は渋くて、私の好きな建物だ。寺の中でくるみ餅をいただける。

少し下ると、その頃はなかったが、今日では「無言館」がある。二度行った。入ってすぐ右手の「女人像」は、訪ねる人に一番印象に残る絵だ。外では自分の出征祝いの人々が待っている。あと五分、三分と絵筆を走らせ、続きは帰ってからとモデルをつとめてくれた恋人と約束して、彼は二度と帰らなかった。佐久の山荘にお客様があると、母は必ず前山寺、安楽寺と案内していたっけ。存命なら無言館にも行っただろう。

山宣の墓碑で、大山郁夫との関係がよめた。柳子さんの「そうね、戦友のよう」の言葉がよみがえる。柳子さんと私との絆はますます深くなっていった。押入れから郁夫氏がレーニン平和賞を受けた時のシルクハットを出してきて、「これ、あなたにあげるわ。価値がよく分かっている人に」と言われた。「そんな大切なものを」と辞退したが、ありがたくいただいた。

まだ巻物の大島紬をタンスから出し、私に下さった。母に渡すと、「亀有の呉服屋で相談する」と言って、裾まわしにモミをあしらって仕立ててくれた。重ね襟を赤にして紅型の帯をする。柳子さんに写真を見せた。

黒繻子の帯に柳子さんが蝶を刺繍したものも見せてくださった。見事だった。

「あなたのような瞳のきれいな人を描きたい」と言ってくださったのに、それもかなわなくなった。「グスコー・ブドリの伝記」の再演が決まり、出演することになった。大好きなブドリの妹のネリの役なのではずせない。柳子さんの所には、姪の熊井優子さんに頼んだ。彼女は画学生だ。たちまち柳子さんのファンになって安心した。柳子さんは、芝居は観たいけど行けない、と初日に祝電をくださった。

芝居が終わって、さてと思ったら二人目を宿していた。私は柳子さんを訪ね詫びた。優子さんも尾道に帰ることになり、チビブドリ役の相棒、桜井勇子さんが通うことになった。彼女もたちまち柳子さんのファンになった。

次なるファンは加々美洋子さんで、玄関側の三畳間に住み込んでしまった。彼女は劇団を辞めて踊り手一本の生活なので、劇団に教えに来ても、スケジュールに振り回されることはなかった。

月一度の代々木病院通院にも付き添い、料理上手な彼女は、柳子さんと夕食を共にした。優しい彼女は柳子さんの世話にうってつけだ。ところが、彼女がいない時、柳子さんがガスを消し忘れ、ボヤを出した。

「特養」の証言者たちが明かす。「徘徊するんです。叫ぶの。それも英語なの」

それをきっかけに、お二階の奥方がうるさくなり、特養老人ホームに入れられてしまった。柳子さんと加々美さんで抵抗したが、「加々美さん、二十四時間見られる？」と言われてしまった。

私はホームを訪ねた。六畳くらいの部屋にベッドが三つ。柳子さんは窓側なのが救いだ。加々美さんが手伝って着替えさせていた。「いいって言うのに、関さんが来るからって。おしゃれしたいのよ」と加々美さんが言う。少しほっとした。そういう気持があることは嬉しい。心が枯れていない証拠。が、車椅子の柳子さんはやせこけて、痛々しい。「夜中に廊下を徘徊するんだって。叫びながら。それも英語なんだって」と加々美さんが言う。シカゴでの貧しい時代を思い出したのか。

ロビーで話したり、一緒に写真を撮り合ったりして、柳子さんも嬉しそうにしていた。加々美さんが車椅子を押して廊下の隅に連れて行った。「関さん、ここから息子さんの大学が見えるのよ。柳子さん、ずっと大学の方を見つめているの」「息子さん来てくれるの？」「うん、たまにだって」。なんだか切なくて涙が出た。百歳すぎたというのに尊重されることなく、もう少しいい所に入れないのかと、加々美さんと泣いた。

暫くして、柳子さんが亡くなったと知らせが入った。百二歳だった。小滝橋の家に行った。初めて息子さんに会った。大きな方だった。「ドイツ文学ご専門ですってね。ブレヒトご存知ですか」「いや」としか返答がなかった。なんだか恨めしそうに聞こえたのかもしれない。

「少しの間ですが、柳子さんとお話出来て、昭和史を勉強しました。いろんな貴重な話をしてくださいました」と言っても、「はあ」としか返ってこなかった。まあ、息子としてのさまざまな想いを抱えているのかもしれない。私などには、はかり知れない。

まだ乳飲み児の彼を、柳子さんは姉に預け、それから十八年帰らなかった。十八歳の大学受験の年に帰ってきて、「はい、この人が本当のお母さんです」と言われても困っただろう。山宣の虐殺があって大山氏も慌ただしく日本を後にした。いわば、柳子さんと息子さんは、時代の犠牲者かもしれない。

柳子さんとの話には、ぽんぽんと貴重な歴史上の人物が出てくる。山宣をはじめとして、国吉康雄に関連して岡田嘉子さんの名も出た。彼女はちょうど日本に来ていて、「劇団民芸」の芝居に出演するので今稽古中です、と言うと、「あら、会いたい。せめて電話で話せないかしら」と言うので、私が民芸に電話をした。

岡田嘉子さんが出たので、「私、大山柳子さんをお世話している者ですが、いま、柳子さんに代わります」と言って柳子さんに代わった。柳子さんは嬉しそうに話していた。思いがけず、私もちょっと岡田嘉子さんの声が聞けた。

お買物に行くというので、大丈夫かなついて行かなくても、と思って見ていると、かくしゃくとして歩いて行く。その後ろ姿が忘れられない。なんとたくさんの笑顔を見たことか。もっともっと楽しい晩年をすごさせてあげたかった。せめて、寄り添った者たちの心に深く生きていればと願う。柳子さんとの思い出は、豊かな昭和の歴史と、瑞々しい柳子さんの生き方で満ちている。

ありがとう、柳子さん。

（くまいまちこ　一九四一年生まれ）

ふるさと五島。泣き笑いでしょうか。でも、父も母も夫も子も友も、みんな、みんな、やさしかった

西田　俊子

九州から栃木へ。心細かった。が、しかし……

一九六五（昭和四十）年三月、夫と私は栃木駅に降り立った。夫二十五歳、私二十三歳の時で、ここから二人の新しい人生が始まった。

夫の故郷、福岡県大牟田市で結婚式を挙げ、上京する道すがら、三泊四日の新婚旅行を兼ねた。途中下車をしながらの旅ではあったが、ずいぶん長い時間、汽車に揺られたので、遠くまで来たことを、少し疲れた体が覚えていた。

生まれ育った九州を離れ、夫の新しい仕事の赴任先となった栃木に着いたのは、まだ肌寒い季節の夕暮れ時だった。暮れかかった小さな駅の周りには田畑が広がり、閑散とした静けさに一層心細さがつのって、私は夫となった人の後を足早について行った。

結婚して栃木で暮らすと告げた時、父は地図を出してきて、あまりの遠さを嘆き、三月はまだ寒いから、せめて暖かくなってからにしてくれと言っていたのを、私は見知らぬ土地を踏みしめながら思い出していた。

それでも、夫と知り合って結婚するまで三年が経っていたから、もちろん喜びと希望に満ちていた。怖さを知らない若き日。市外電話をかける時、まず電話局に申し込み、つながるまで電話のそばを離れずに待った。そんな時代であった。

夫の仕事は金属加工業で、一つの会社の専属の下請けをしている。大牟田の親会社が新しく栃木工場を設立し、その年の四月から操業を始めた。夫は大学卒業後、保険会社に就職していたが、地元大牟田ですでに会社を経営していた義兄の命を受け、単身この地にやって来た。夫にしてみれば、専門的な知識もなく、青天の霹靂だったに違いない。

今にして夫は、三年頑張って駄目だったら引きあげようと思っていたと、その時の気持ちを明かしている。ここまで来られたことは、運の手助けもあってのことだろう。

創業に合わせて、私より一足先に栃木に来ていた夫は、二人で暮らすための、六畳と四畳半、二間の家を借りていた。風呂はなく、小さな台所に立って、結婚する前、この日が来るのを楽しみに二年間通った料理教室で教わったあれこれを、夫のために作った。未熟な料理でも、出来立てをいただけばいくらか違うだろう。そんなものを用意しながら、帰りが遅くなる夫を待つ日が続いた。

その分、仕事は順調だった。夫の人間性が受け入れられたのか、地元の人にも助けられ、従業員も四人五人と増えていった。夫が三年としていた撤退の年月は、何事もなく過ぎた。

一九六七（昭和四十二）年六月、長女が誕生した。出産を前にして、今度は庭付きの広い家に引っ越した。後にこの家を譲り受け、一女二男、三人の子どもが加わって家族五人、一生懸命生きた、とても大切な住み家となった。

台所で忙しくしていると、「抱っこ、抱っこ」と足元にまとわりついていた子ども達も、それぞれ手元を離れた。独り立ち出来た喜びと、もう私だけの子どもではなくなった一抹の淋しさが複雑に交差する自分をなだめたりしたが、今ではその子ども達も、私の腕の中にいた頃よりもずっと大きくなった孫たちの親となって励んでいる。

夫の会社は、二〇一四（平成二十六）年、創業五十周年を迎え、会社の皆さんと祝った。常日頃、苦労していると思いながら生きている訳ではないが、振り返ってみた時、ふと胸に迫ってくるものがあった。

お祝いをするという日の朝、夫の顔を見たとたん、思わず涙が溢れた。よくここまで来た、よく来られたと、五十年分の思いが噴き出した。

どんなに小さくても、経営者であるというのは大変なことだ。いい時ばかり続く訳がなく、「もう止めようか」と弱音を吐く夫に、「そうね」とも言えず、止めてどうするの？　従業員はどうなるの？と強気で叱咤したことも二度三度とあった。いやな役目だなあと思ってみても、今更しっぽを巻いて逃げ帰る訳にはいかないのだ。

本当は、こんなに強がる自分をあまり好きではない。もう少し、しなやかに生きられたらいいと願ってやまないのだけれど、これはもう、与えられた運命のようなものだと感じている。

私は、長崎県・五島列島で生まれた。兄妹は六人で、二人の兄と長女である私の下に、二人の弟と妹が一人いる。実家は、長崎港からフェリーで二時間半の所にあり、今ではジェットフォイルも就航して、八十分で行けるようになった。

小さい頃、母に連れられて長崎に行く時には、客船で四、五時間かかっていた。船内に入ると、大きなエンジンの音と油の匂いで、まだ動いてもいないのに船酔いしていた。海が荒れた日は波が甲板まで打ち上げられ、客室で寝ていると、船の傾く方に体が転がった。

島からどこへ行くにも、船に乗らないと行けない。その頃、台風が発生すると、まず五島でひと暴れした。この間、船は何日も何日も欠航して、一歩も島の外に出ることが出来なかった。どうしてこんな所に生まれたんだろうと恨めしかった。そんな時からすれば、ずっと快適な船旅を楽しむことが出来る。

船が汽笛を鳴らしながら港に入っていくと、海岸から少し上がった所に実家が見える。船は速度を落としてゆっくりと桟橋に接岸される。迎える人たちの中に末弟の姿を見つけると、「ああ、帰って来たんだなあ」と、心の底から安堵する。

実家は、両親亡き後、弟の家族が守っている。私が故郷を離れてから五十年余りになるが、いつ帰って来ても、山と海に囲まれた風景は昔のまんまだ。

ただ一つ違うのは、漁業が盛んだった頃、港にはたくさんの船が停泊し、漁網を干す棚がいくつも並んでいた風景が、すっかり姿を消してしまったことだ。これはただ風景を懐かしむのではなく、島の衰退を物語っている。

昭和二十年代の初め頃、島は豊かだった。近海でいわしやさばが豊漁で、船が大漁旗を翻し、高らかに軍艦マーチを響かせながら入港してくる光景は、今も脳裏から離れない。目の前に広がる海と共に生きていた全盛期には、十数軒の網元がいた。父も漁業を経営していて、大勢の船員さんが出入りする家の中は、まるで戦場のようだった。

船を始めたころは魚がよくとれて、弾んだ声が響きわたり、まだ若かった両親も、はつらつとしていた。

しかし、いくら深くて広い海とはいえ、資源には限りがある。それを証明するかのように、近海では魚がとり尽され、不漁の一途をたどるようになった。魚を追って漁場もだんだん遠くなった。

そんな時だった。五島からより近い済州島付近に、韓国の李承晩大統領の「李承晩ライン」と称する海の境界線が引かれた。このラインを少しでも越えると、待ち受けている韓国船に拿捕された。現に拿捕されて多額の保釈金を支払った船があった。

一九五二（昭和二十七）年に日本漁船の操業が禁止されると、ますます窮地に追い込まれていった。実家の船は、一九五六（昭和三十一）年に倒産することになるが、経営者としての父を忘れられない出来事があった。それは倒産する二、三年前のことで、父の所有する船が、出漁したままなかなか帰って来なかった。その日は悪天候で、遭難したか拿捕されたかと家中で気をもむ中、無事に帰って来たことがわかったとたん、父は大きな双眼鏡を首からぶら下げたまま、全力で港へ走って行った。あの時の父の後ろ姿が、十二歳だった私の目に、父の強さと厳しさを色濃く焼き付けた。

頑丈でやさしかった自慢の父が、突然の病で逝ったのは六十三歳の時だった。父の人生の華は早咲きして、五十の坂を登った頃には散ってしまった。早すぎる不幸をただひたすら耐えていたのは、誰よりも父自身だったのだろう。

父と五つ違いだった母は、五十八歳で未亡人になった。温厚な父に、強い母が寄り添って生きて来た夫婦だったのに、片腕をもぎ取られてしまった母がこれからどうなるのか、みんなが固唾を呑んで見守った。これまで苦しい時こそ突進して乗り切ってきた激しい気性が、裏目に出なければいいがと案じながら、父亡き後、私は子どもと実家に残り、ひと月母と暮らした。

日が経つにつれて母も落ち着いてきた。先に栃木に帰った夫が一人暮らしをしていることを気遣うようになり、もう大丈夫だから早く帰るようにと私を急かせた。

母はまた段々畑で野菜作りに励みだした。相変わらず小柄な体に大きなかごを背負って石段を登り、自然と触れ合える喜びを生き甲斐としてよく働いた。

弟の家族と一緒に暮らしていたその母が、八十三歳の時、脳梗塞で倒れた。動かなくなった右手足を何とかしたい、そしてまた大好きな畑仕事をさせてやりたいと、五島の病院から長崎へ移って十五年もの間、闘病生活を送った。

その間、母の焦りがわがままにもなって、受け入れてくれる病院探しに奔走した。五島の段々畑を相手に自由に生きていた母が、ベッド一つを宿として、自分の足で歩くことも出来ずに喜べる訳がない。熊本から週に一度通い続けた長兄は、心労のあまりやつれてしまった。

みんなで力を合わせて母を守った甲斐があって、新築されたばかりの特別養護老人ホームに入居することが出来た。五回目の引っ越しだった。

母にとって、ここで過ごした八年間は幸せな日々だった。心やさしい職員さんに囲まれ、訪ねるたびにいい顔になるのが嬉しかった。

母が九十八歳で亡くなって四年余りになる。亡くなる一、二年前から目に見えて体力が落ちて、口数も少なくなった。別れが近いのかもしれないと、気を抜くことなく夫と会いに行った。それでも看取ってやることは出来なかった。

一ヵ月前、兄から「今のうちに……」と電話があった。訪ねた時はもう起き上がることもなく、栄養剤を点滴で送り、目は閉じたままだった。

布団の上から母を摩りながら、昔の出来事を一人で話し続けた。話しながら布団の上に涙がポロポロ落ちて息苦しくなった。鼻をかもうと立ち上がって、また母の所に戻ろうとした時だった。

母がしっかりと目を開けて、私を見ていた。「母ちゃん！」。思わず叫んで走り寄った。母は静かに目を閉じて、もう開けることはなかった。私がここにいるのがわかってるんだ。悲しんでいるのを心配してるんだ。母が死の間際、娘に見せてくれた大きな愛に、声を出して泣いた。

その日はずっと母の傍にいて、暗くなって部屋を出た。バス停までの長い坂道を歩きながら、夜空を見上げると、泣きはらした目に星がかすんで見えた。それが母の姿と重なって、ゆらゆら揺れながら私から離れなかった。

夫と私も七十歳を過ぎて、身近な人を見送る機会が多くなった。二十年来通っているスイミングの仲間も、高齢を理由に一人二人とやめていく。それが何とも淋しい。若い頃「じゃあ、またね」と軽く手を振って笑顔で別れていたのが、涙に変わってきた。誰も知らない土地で暮らす身には、プールで出会う仲間は、年月を重ねて大切な友人となる。

私に保証人が必要な時に駆け込んで行ける友に、息子さんを見送る不幸があった。肩を震わせて泣きじゃくる彼女に寄り添いながら、私もやっとこの地の人になれたと思った。

人生、七転び八起き。本当にいろいろなことがある。七つ転んで八つ起きるのならば、差し引いて残った最後の一つ、起き上がった間に、夫と手を取り合ってさっさと終わりたいと思う。

母は残してくれた

母が逝ってもう四年が過ぎた。葬儀から今日まで、私の心の中の空白は、まだ埋められないままだ。母は、倒れて一ヵ月後に五島から長崎の病院へ移り、突然の環境の変化と闘いながら生きた。それは母にとって決して幸せな時間ではなかっただろう。六人の子ども等にとっても同じことで、「家に帰る、帰る」を繰り返す母をどうなだめて、不自由になった右手足の治療に専念させるか、葛藤する日々だった。

母は、五島の段々畑をこよなく愛し、よく働いた。真っ直ぐな強い心を持ち、この上なく厳しい性格は、周りに有無を言わせぬ強情さもあって手を焼いた。それでも誰かれとなく慕われたのは、一徹な責任感と、垣間見える人間らしさだっただろうと思う。母の長所も短所も知り尽くしている娘として、付きっきりで看病してやれなかった悔いは、今でも心の奥深く残ったままだ。

それでも、私なりの思い出はある。母が倒れた時、「出来ることをやろう」と兄妹で誓った言葉を、いつも頭の片隅に置いていた。六人の兄、弟、妹は、長崎に住む末妹を除いて、あちこちに離れている。一番遠くに住んでいても、私は長女だ。そのことを心に秘めて、母が死んだ時うろたえないようにしようと、自分に言い聞かせていた。

倒れてすぐの一ヵ月を、私は五島の病院で付き添った。母はその先十五年もの間、闘病することになるが、終わってみると、この時のことが一番強く思い出として残っている。

きのうまで元気に働いていた母が、一夜明けて救急車で運ばれ、生死をさまよう姿になるなど、想像すら出来なかった。物言わぬ人となって、つながれた点滴に命を委ねた母が、ベッドに横たわっている。何か夢を見ているようだけど、間違いなくこれは現実なのだ。

昏睡状態から脱した母は、あたりを見回し「母ちゃん（自分のこと）はどうしたね」と、うつろな目をして言った。病で倒れた人は、「ここまではわかっていたけど、それから先は気を失ってわからなかった」と言うと聞く。これは、天に召されるか生還するかの境界線をさまよっていたということだろうか。生きるか、死ぬか、どこでどう決められるのか。すべて運命だろうか。

幸いにして、母は帰って来た。そんな母を、たとえわずかな間でも病室に泊まり込んで看病出来たことは、神様が親孝行の真似事をさせてくれたのだ。その事が、遠く離れていて何もしてあげられなかった心の重みを、いくらか軽くしてくれている。

あの時、母は、不自由になった自分の体が信じられずに、苛立っていた。昼間はほとんど眠っていて、夜になると目が冴えて話しかけてくる。付き添っている者は昼夜を逆転させる訳にいかず、日が重なると辛かった。

母の部屋に簡易ベッドを借りて、夜は二つくっつけて横になった。手を伸ばして母の手や足を摩りながら、うつらうつらと無気力に口を動かして母の話に合わせていた。

そんな時だった。母が珍しく笑みを浮かべながら、「俊子さん、あんたと二人でこんなに暮らせるなんて、思ってもいなかったよ。母ちゃんは嬉しい。これが病気してなかったら、どんなによかっただろうね」と言った。母の口を衝いて出た思いがけない言葉に、私は思わず自分の中に宿る睡魔を急いで払った。

長男だった父に嫁いだ母は、舅、小姑の大家族の中で働き通し、自分の子育てなど片手間の仕事だったのだろう。子守歌だのおとぎ話とは無縁の生活から抜け出した頃には、子ども達は成長して手元から離れていった。そして今、こんな形で近くにいる娘を、しみじみと見ていたのかもしれない。

私が結婚する時、夫の仕事の都合で栃木に住むと知った父は、めそめそしていた。なのに母は「アメリカでもどこでも行きなさい」と、わざと威勢のいい事を言って父の未練を断ち切らせ、道を開いてくれた。

娘が遠くに行くのを喜ぶ母親はいないだろう。現に、看病される身になって病室で一緒にいられるだけで、こんなに喜んでいる。ずっと我慢してくれていたんだと思うと、目の前にいる母がいっそう不憫だった。

もう一度元気になってほしいと願い、主治医の勧めもあって長崎の病院に移った。が、思うような結果が出ないばかりか、無意味な転院を二度、三度と繰り返した。

母も子も失望の色を濃くしていた時、新築された特別養護老人ホームをお世話していただき、五回目の引っ越しをした。母はこのホームで生涯を閉じたが、小高い丘の上に建てられた環境の良さと、優秀なスタッフに囲まれた生活は、母にも子ども等にも安住の地であった。

二〇一一（平成二十三）年十二月二日の朝。いつものように七時半頃、出勤する夫を送り出した。

やがて時計の針が八時に差しかかろうとしていた時、電話が鳴った。「あれっ、お父さんが忘れ物かな?」と、軽い気持ちで受話器を取った。

「はい、西田です」

「ああ、とし(私)。母ちゃんがいつもと様子が違うって連絡があったよ。今からすぐ出るから、なるべく早く来いよ」

「わかった」

熊本にいる兄からの、母の危篤を知らせる短い電話だった。足元に火がついたように、兄の声は上ずっていた。

会社に着いたばかりの夫に電話を入れた。すぐ帰るから準備をするようにと言った。わかっていることなのだが、胸が高鳴り、体が浮いているようだ。落ちつけ、落ちつけ。こういう場面を何回も想定していたはずなのに、一向に役に立たない。前もって送れる物は送ってある。身一つで行けばよいのだけれど、留守が長くなることを思って、食べ物の処分に手間取った。

結局、夫と羽田空港を発ったのは昼近かった。手足がもつれるほど急いでもこうなる。搭乗する直前、弟から夫の携帯に電話が入った。母は八時半、兄の電話のすぐ後で息を引き取ったそうだ。眠ったまま、お世話になったホームの方々に看取られて静かに逝ったと、看護師さんが話してくれたと言った。

私はともかく、十五年の間、週に一度は熊本から見舞った兄にも、弟や妹にも会わずに母は逝ってしまった。気性の激しかった母の最期とは思えない九十八歳の臨終だった。

母ちゃんは俺達じゃなくて、お世話になったホームの人達を選んだんだねと、すぐ下の弟は間に合わなかったことを悲しんだ。

だけど、利発な母のことだ。一刻一刻と死が迫る中で、子ども等が泣き叫ぶであろうことを存分に承知していての配慮だったのだ。きっとそうだったに違いない。「出来ることをやろう」の約束は、立派に果たしたと思っている。それは誰よりも母ちゃんが一番わかってくれていたのだから、嘆くのはよそう。

母は、二年くらい前から目に見えて体力が衰えてきた。それでも気分がいい時は、百歳まで生きるのだと、母らしい闘志も見せた。

母が亡くなるひと月ちょっと前の十月下旬、会っておいた方がいいという兄の勧めで来た時には、もう一言も話さなかった。話しかけても表情に変化がなく、ただ黙ってベッドに寝たままだった。栄養補給のために点滴がつながれ、そろそろ覚悟しなければと思った。二泊して明日は帰るという日、看護師さんに尋ねた。

「母はあとどれくらいだと思われますか。短いようでしたら、このままそばにいたいのですが」

すると「お母さんは長い時間をかけて、ゆるやかに体力が落ちてきていますので、何とも言えません。もしかしたらこのまま、まだ大丈夫かもしれません」とおっしゃった。

旅の身なので決断するしかなく、予定通り帰ることにして、その日は夜八時過ぎまで母の部屋にいた。会話は出来ないけれど、ベッドのそばにしゃがんで一方的に話し続けた。

「母ちゃん、気分はどうね。こうしてずっと一緒にいたいけど、家のことも心配だから、明日一度帰るね」

母と二人っきりの心細さを振り払うように私は続けた。

「母ちゃん、いろいろありがとうね。私は母ちゃんの子どもで幸せだったよ。母ちゃんはどうだった？ いい人生だった？ 頑張ったもんね」

話しながら、涙が頬を伝って止まらなくなった。鼻も詰まって息苦しい。立ち上がって鼻をかみに行った。そしてベッドの所に戻りかけた時、母の目が私の方に向いているのに気付いた。母ちゃんはわかっている。ちゃんと聞こえているんだ。私が泣いているのを心配して、目で追っている。それに気が付いた途端、私は声に出して泣いた。

これじゃあもっと心配かけると、母を布団の上から摩りながら必死で嗚咽をこらえた。ふと見ると、母はいつの間にか目を閉じていた。

ホームには、少しの間ここにいさせてくださいとお願いしてあるが、そろそろ帰らないとバスがなくなるだろう。母は、私が帰れるように目をつむっているのかもしれない。思い切って帰ろう。母の顔をじいっと見つめながら、「じゃあ、ね」と静かに言った。恐らくこれが最後だろう。そう思うと体が震えた。

ヘルパーさんに挨拶をして、すでに消灯された玄関を出た。いつも同行してくれた夫と何十回も歩いたバス停までの長い坂道を、今日は一人で黙々と下った。寂しくて、そっと手を顔に当てると、母の布団の温もりが、まだ少し残っていた。

母、三回忌

十一月二十九日、その日はとても寒かった。夫と私を乗せた飛行機が、羽田を離陸して五、六分が経った頃、隣に座った夫が「あれは富士山じゃないか?」と、小さな窓をのぞき込むようにして言った。まさかと思いながら急いで目を移すと、雪化粧した美しい立ち姿の山が、窓いっぱいに広がっていた。

「うそでしょ。飛び立ったばっかりで見える? でも、よく似てるよね」

目が外に釘づけされたままでいると、飛行機は向きを変えたのか、見えなくなった。

「あれ、もう終わりかな。いつもはもっと長く見えるけどね」と言いながら、何か満たされないでいると、「あっ、お父さん、ほらほら、また見えたよ。やっぱり富士山だ。山肌までしっかり見えるね」。見たことがないものを初めて目にしてはしゃぐ子どものように、周りを気にしながら声を落として実況中継した。

それにしても、今年は富士山と良縁があった。四月に大阪へ行った時は、新幹線から裾野まで広がる美しい姿を見せてもらった。これまでだって何度も見る機会があったはずなのに、あまり覚えていないのはなぜだろう。

母が倒れてから亡くなるまでの十五年間に、夫と一緒に三十回は往復している。その間、楽しかったと思えることが残されていないなあと気がつく。

母の死からまる二年が過ぎた。息絶えた姿に直面した時の突き落とされたような哀しみは、まだ体が覚えているはずなのに、ときどき空を見上げては「母ちゃんはどうしているかなあ」と、ベッドに横たわる姿を思う。「そうだ、もういないんだ」と慌てて打ち消すが、そんな自分は一体何だろうと思う。遠く離れて暮らしていた何十年もの間に身についた習性が、まだ頭から離れていないのだろう。

羽田を十時過ぎに飛び立った飛行機は、昼頃、長崎空港に着陸した。見慣れた風景を見回しながら、「久しぶりに来たねェ!」と夫が感慨深げに言った。「そうね、年に二回は母ちゃんの所に来てたもんね」と、懐かしい思いさえした。去年の一周忌には、夫の手術で来れなかったので、よけい長く感じたのかもしれない。

空港から長崎市内まで高速バスで四十分余りかかる。車窓に広がる穏やかな海が、無言のままで旅の疲れを癒してくれる。長崎に到着するとすぐ荷物を置いて母の所に向かっていたのが、今回はそれがない。「何か忘れているようで、落ち着かないね」と、夫がバス停を振り向きながら言った。

翌日、門司に住むすぐ下の弟と波止場で待ち合わせて、五島行きのフェリーに乗った。

「今日はなぎだから、船は揺れないよ」

かつて門司と大阪間のカーフェリーの船長をしていた弟は、船酔いを心配する私を安心させるための説明から始まり、長崎湾に浮かぶ島々についても、詳しく話してくれた。おかげで二時間半の船旅は退屈する間もなく、船は故郷の桟橋に横付けされた。

迎える人の中に、末弟の姿があった。私は軽く手を振った。亡き父によく似てきた弟の顔が、私達を見つけて笑っている。ああ、帰って来たんだなあと実感する瞬間だ。

「わざわざ出迎えてもらってありがとうね。お父さんは、魚を釣って子ども達に送ってやると張り切っているから、よろしくね」

と言うと、二人の弟は声を出して笑った。夫も一緒に笑っているのがまたおかしい。いくら五島の海とはいえ、夫に釣り上げられるほどお人好しな魚はいないだろうと、私も思っている。

海岸に沿って車で五分も走ると家に着く。ずいぶん古くなったけれど、私にとっては昔のまんまが嬉しい。母の姿はなくなってしまったが、大切な思い出が残っている。

家に上がると、すぐ仏間に行って無事に帰ったことを父と母に報告する。父の位牌の横に、まだ真新しい母の位牌が並んで置いてある。四十年も先に逝って待っていただろう父に「母ちゃんがそばに行って、また会えたね」と言うと、ローソクの火が大きく揺れた。

翌日、夫は弟と一緒に釣りに行った。歩いて十分ばかりの防波堤で糸を垂らすそうだ。義妹に「釣って来るから刺身にしてね」と言い残して出かけた。私はその間、法事に来てくれる叔母を迎えたり、亡くなった叔父の仏前に参ったりと忙しい。

一日遅れて、熊本にいる兄がやって来た。釣りから帰って来た夫のいでたちを見て、「どこに行ってたんかな」と怪訝そうに聞いた。「釣りに行って、釣った魚は親が探すといけないので、海に戻してきました」と夫。

「そりゃあ、いい事したなあ。いい供養になって、母ちゃんが喜んでるばい」

知らぬが仏とは、よく言ったものだ。

同窓会。あれ、誰だっけ

十月十八日昼過ぎ、長崎空港に降り立った。関東の同窓生女性三人は、一便早い飛行機ですでに到着している。東京、千葉、神奈川に住み、過去二回の同窓会にも一緒に出席した。

男性はまた違った便を使い、列車に乗り継いでホテルに直行している。行き先が同じなのだから同じ便にすればいいものを、無難なほうを選んだのだろう。年はとっても男性は女性より力持ちと見られ、重い荷物を抱えている女性がいれば、手を差し延べないと女性は黙っていない。きっとあいつ等と一緒に行ったらただでは済まんと別の便にしたのだろう。それくらい、わが昭和十六年生まれの女子は強いと見られている。

「奈良尾中学校第十回生古希同窓会。長崎港から西の地、あなたの故郷から古希同窓会のご案内をさせていただきます……」から始まり、「あなたにお会いできるのを楽しみに、同窓会を計画しました。皆さまの出席をお待ちしております」。

こんなすてきな文面の案内が届いたのは、四月に入ってからだった。開封して読んだ途端、私はうっとりした。何ともロマンチックで、行く気にさせるこの誘い文。誰が書いたのだろう。断る訳にはいかないと出席を決めた。

私の故郷は、長崎県・五島列島の真ん中あたりにある奈良尾（ならお）という小さな町だ。細長く横に広がる家々の後ろに山が連なり、目の前には島を包み込むように海が広がっている。

今もこの風景の中で暮らす同窓生が今回十一人参加した。六十歳を過ぎた頃から二年に一度の割合で行われている同窓会に、私は続けて三回出席した。五島から遠く離れて暮らす身にとって、ほぼこのような集まりには縁がないものと忘れかけていた。そんな思いを打ち消すように、昔の仲間との復縁を図ってくれたのが、母の存在と夫の思いやりだった。

十五年前に五島の実家で倒れた母が、その後はずっと長崎で療養していて、夫と私は春と秋、長崎を訪れている。そんな折、同窓会の案内が届くようになった。初めの頃は比重が母の方にあって、気にも留めずにいたが、気がつくと長崎を訪れる時期と重なっていた。「折角だから行ってみたらどうだ」。まず夫の提案があった。「そうね」「でもね」と煮え切らないでいる私に、「わざわざじゃないんだから、行って来い、行って来い」と、夫がその気にさせてくれた。

卒業生百十名のうち、今回の参加人数三十九名。一、二回目より少し減ってはいるものの、三割強の出席は大したものだと思う。これはやっぱり幹事さんのおかげだ。

世話係は五つの地域に分かれていて、今度は五島在住者の担当だった。他はすでに役目を果たし、関東だけが残っている。いよいよ次回は免れそうにない。

十月十八日から二十日、二泊三日の同窓会は、佐賀県にある武雄（たけお）温泉と長崎県の雲仙（うんぜん）温泉だった。会費は四万円。地元長崎からそう遠くない。無理のない旅行なのが良かった。

バスは長崎大波止で市内と五島からの人達を乗せ、午後二時半頃、空港に寄ってくれた。バスに乗り込んだ私達を、総立ちして拍手で皆が迎えてくれた。「ああ、参加してよかった」と思わせてくれる一瞬だ。それからは例のごとく、バスの中はハチの巣が割れたようにお喋りが空を舞って飛び交い、時を忘れた。

一時間くらい走ると、もうホテルに着いた。

夕方六時、誰もが楽しみにしている宴会が始まる。どんなご馳走がいただけるのかと、そわそわして会場へ向かった。毎日、こまごまと忙しく暮らしている主婦にとっては、何をしなくても食事がいただける。それだけでも十分なごちそうだ。

入口で座席を決めるクジを渡された。すでに男子女子と交互に座っている。そうか、男女別々のクジだと重ならないいんだと感心する。

隣に副幹事長のT君が座った。彼は真面目でやさしい人だ。自分に課せられた役目を果たそうと、汗を拭き拭きカラオケを歌った。

「案内文を書いたのT君でしょう」。咄嗟に聞いた。「おかしかった?」「上等よ。飛びっ切りだった」「おおきに……」。

みんな昔のまんま。これがこたえられない。


(にしだとしこ　一九四一年生まれ)

政治はむずかしい。私たちにできることは何だろう？
本物と偽物を見分ける力を身につけなくては。できます、きっと

西ノ内　多恵

デング熱

二〇一四年の夏、メディアは一斉にデング熱にかかった患者の件をとりあげた。その患者の海外渡航歴はなく、都内の代々木公園で蚊に刺され発症した。代々木公園は閉鎖され、大がかりな蚊の駆除がおこなわれた。患者数は増え続け、百四十余名、地域的にも十七都道府県に及び、私たちをおびやかした。

この騒ぎで知ったが、デング熱とは、ネッタイシマカや、ヒトスジシマカで媒介されるデングウィルスによる感染症である。症状は、発熱、頭痛、筋肉痛、発疹など。重症の場合、死に至る。主に熱帯や亜熱帯地域に多い。日本での発症は七十年ぶりで、感染経路は未だに不明のままである。

最初、新聞で、デング熱の文字を目にしたとき、あっ、あの本にあった病名だ、とピンときた。あの本でその文字を読んだとき、テング熱の誤植かと、目を近づけたら、テではなくやはりデで、奇妙な病名だと強く印象づけられた。

あの本とは

手許に『ソロモンの陸戦隊』という戦記がある。『ガリア戦記』（カエサル著）は別として、戦記ものはどうも苦手だが、叔父の手記が載っていると、高知の従妹が送ってくれた。ちょうど、八月十五日の敗戦記念日が近いころだったので、過去の戦争をふりかえり、改めて平和の意味を考える手だてにしようと、ひもといた。

題名の「ソロモン」とは、南太平洋のソロモン諸島のこと。「陸戦隊」とは、佐世保鎮守府第六特別陸戦隊のことである。先の戦争で、南太平洋方面の戦況がしだいに厳しくなった一九四二年（昭和十七年）八月十五日に、海軍佐世保鎮守府第六特別陸戦隊（以下、佐鎮六特隊）、千五百五十八名が編成された。

九月二日、同隊は吾妻丸という老船で佐世保港を出発。空と海からの敵の攻撃を首尾よく潜り抜け、九月十七日にソロモン諸島で一番大きなブーゲンビル島のブインの上陸に成功した。

それ以来、ブインを舞台に佐鎮六特隊は、他の部隊と共同してどう戦ったか、敗戦と、捕虜生活、そして復員までの約四年間のことが、内容になっている。

それを元に幾つかの柱立てをし、紹介しよう。

マラリアとデング熱の巣

上陸に成功した佐鎮六特隊の任務は、まずブイン基地の設営で、密林を切り開き、飛行場の建設にとりかかる。あいにく雨期で作業は困難をきわめた。作業中の怪我人や、マラリア、デング熱、下肢潰瘍で病人が続出。まだこの時期は医務隊の手当てを受けられたが、のちには、医務隊の小屋や医療倉庫が空爆され、手のほどこしようがなくなる。

せっかく仕上げた飛行場も敵の空襲で壊され、ふたたび、カモフラージュした飛行場を再建する。

海上では、輸送船の被爆や、駆逐艦も標的となる。B24、B25が編隊でブイン基地を襲い、恐怖で神経衰弱になり、後送される者もでた。

ブイン基地の役割

一九四三年（昭和十八年）一月、大本営軍司令部は、ガダルカナルの撤退命令を下した。それにともない、ソロモン諸島でのブイン基地の重要性が増した。

米軍は、ブイン基地のあるブーゲンビル島のタロキナに上陸。佐鎮六特隊は、総員戦闘配置につき、ブイン基地を死守する覚悟だった。他の島々の部隊もブインに集結し、持久戦にもちこむ。また、陸軍もタロキナの敵陣営を総攻撃するべく、戦闘を開始するが、失敗に終わる。

同年四月十八日、山本五十六大将がラバウルから、前線将兵たちの士気を鼓舞するため、ブイン、ショートランド方面へ早朝発つ。しかし、暗号を解読され、待ち受けた敵機と遭遇し、交戦の末、ムツビナ岬奥のジャングルに機が墜落。

捜索隊に発見された大将の遺体は「一発の機銃弾を胸に受け、座席にかけたまま軍刀を抱いて、眠ったような立派な最後であった」という。

遺体は火葬にし、遺骨は内地に返送したが、一部は遺体発見の場所に埋め、土を盛り、「故海軍大将山本五十六之墓」と墓標に墨書した。故人が生前好きだったパパイヤの苗木二本を墓の傍に植えた。毎日交代で兵士が墓掃除をし、冥福を祈る。

同年十一月、米軍はタロキナに第一、第二飛行場を完成。それにより、敵機は毎日百機、二百機と編隊を組んでブイン基地を空襲した。今や日本軍はブーゲンビル島の制空権を完全に失った。

ジャングル戦法をとる

日本軍はブイン海岸線の防備が困難になり、ジャングルでの守備戦に切り替えた。すると敵軍はやみくもに密林を標的にして、空襲を展開。親子爆弾、時限爆弾を使い、じゅうたん爆撃であった。米軍は無人機も飛ばしていた。

ジャングル戦法とは、密林のなかで物音ひとつ立てず、匍匐前進し敵に肉薄する戦法。小人数単位の斬りこみ隊が編成され、日夜猛訓練をおこなった。

一九四四年（昭和十九年）には輸送船の食糧が絶たれ、敗戦までの二年間、現地での自給自足をしなければならなくなる。

どう食いつないだか

コメが無くなってからは、開墾作付命令が下り、各部隊は、数ヵ月で収穫できる芋を主食用に栽培した。佐鎮六特隊が、原住民から苗をわけてもらい、各種の苗の成長ぶりを比較研究し、最終的には三ヵ月で収穫できる苗にしぼり、ブイン3号と名付けた。この苗を二十万本、他の部隊に贈り、大いに感謝された。

副食は、芋の葉やツル。蛋白源は、敵機の目をくぐり、川や島にでかけて魚をとった。鶏の飼育は成功したが、野豚は失敗。その他の動くもの、トカゲ、ワニ、イモリ、バッタ、ネズミ、イヌなどは見つけしだい食料にした。

密林を開墾するとひとくちに言っても、まずは、ひと抱えもふた抱えもある大木の伐採から始めなければならない。栄養失調で体力がない上に、斬りこみ隊の猛訓練と、開墾作業のふたつをこなすのは、容易ではなかった。

農作業が敵機に見つかると、機銃掃射、爆弾投下で、邪魔される。

ここで思い出すのは、父の体験だ。当時父はラバウルにいて、農作業をしているところを敵機に襲われ、防空壕目がけて駆けた。ところが、石に躓き転ぶ。もうこれまでと観念したが、先に防空壕に飛び込んだ戦友たちは、爆弾で壕もろとも木端微塵に散ったという。紙一重の運命の分かれ道だった。

なお、ブインでの開墾作付は、ブイン方式としてラバウルに導入されたことを、本書で知った。

一九四五年（昭和二十年）四月ころから敗戦までは、自給自足が軌道にのり、味噌、豆腐、焼酎、陸稲、干したり焼いたりの携帯食まで作れるようになった。知恵を集め、試行錯誤の末の成果だ。

そこに至るまでの飢餓地獄

自活が軌道に乗るまでは、飢え死にする兵士が多かった。次は本書からの引用である。

「目ばかりぎょろりとさせ、やせ細った体で杖にすがり、食べるものを探しにジャングルの中をさまよい歩く人々。ビンロウ樹を切り倒し、その新芽をとれば食べられるが、それを切る気力も体力もない。

支給される食事は、マニラ麻の根。千切りにして海水汁にしたもの。あくが強くてとても食べられない。昨日は十何人、今日は二十何人と飢え死にしていく」

戦病死者の扱いだが、輸送船が往き来していた間は遺骨にし、白木の箱に納め、本国に送れた。輸送路が絶たれてからは、土を掘って埋め、到るところに土饅頭の墓が増えた。

遺体を埋める際、死者の体の一部、主に指を切りとり焼いた。骨となった指と、髪、爪を封筒に入れ、氏名、死亡年月日を記入して、生存者が持ち帰った。

敗戦と帰還

ブインの闘いの後半、敵は米軍から豪州軍に交代していた。八月に入り、敵機の来襲が減る。広島・長崎への原子爆弾投下の情報は、いちはやくブインにも流れた。八月十五日は、豪州軍の戦記によると、日本軍の地域に二十三万枚のビラを撒いたそうだ。翼の下に日本語で「日本は降伏した」と書いてあった。誰も信じなかった。敵の作戦だと疑った。

八月十七日は、敵軍の掃海艇をブイン山の砲台から大砲で数発撃ち、退散させた。敵機は「今後こうした行為あれば、ただちに総攻撃を開始する」と、再び機からビラが撒かれた。八月十八日、小隊長以上が陸戦隊本部に集められ、聖勅を読み聞かせられ、敗戦を知る。直ちに武装解除し、兵器、備品一切を豪州軍に渡す作業にとりかかる。

降伏調印する前の、最後の閲兵式の様子をふたたび引用する。

「とじ糸はぼろぼろに切れ、ぱくりと口を開けた軍靴をかずらでぐるぐると足にくくりつけている人、手づくりの草履をはいている人、素足のままの人、まちまちで、まともな軍靴をはいているのは、ほんの僅か。色あせたぼろぼろの服、みんなの顔は土色で、頬骨ばかり出てげっそりとやせ、目ばかりぎょろぎょろと光っている。潰瘍で痛む足を引きずりながら、参加している者もいる。しかしそれぞれの剣は光り銃はよく手入れされている。これがわが佐世保第六特別陸戦隊、最後の閲兵式のいでたちだ。場所はジャングルの中、陸戦隊本部の前、大樹に覆われ昼なお鬱蒼としたところである。一人一人、みすぼらしい姿ではあるが、祖国のために身を鴻毛より軽しとし、死を覚悟していた兵士たち、その気迫はすさまじい」

このときの佐鎮六特の隊員は三百余名。佐世保港を出発したときの、五分の一である。

同年九月八日、日本軍は降伏調印し、豪州軍の捕虜収容所生活ののち、一九四六年（昭和二十一年）二月七日、浦賀に上陸。生きてふたたび故国の土を踏むことはないと覚悟した身であった。久里浜収容所に落ち着き、二月十一日の復員列車でそれぞれの故郷に向かった。

偽らざる戦況の記録を残そう

敗戦まで、南太平洋の最前線となったブインを、玉砕覚悟で死守した佐鎮六特隊の苦闘は世にあまり知られず、公式の戦記にも極めて簡単に触れられているに過ぎなかった。戦後開かれた佐鎮六特隊の総会で、それでは南海の島々に眠る幾万の戦友の霊に申しわけない。何らかの記録を後世に残し、鎮魂の書にしようではないかという、参会者からの呼びかけがあった。これに応じた三十名の手記によってできたのが本書である。

母の弟、小川恵基は佐鎮六特隊に所属していた。同隊は、本部、第一~第四中隊、小隊、砲隊、高射砲隊、戦車隊、運輸隊、工作隊、医務隊、主計隊などで編成されていた。

叔父は工作隊本部員で、二篇の手記を寄せている。次にその大筋を要約する。

ぎらつくサメの歯

「昭和十七年十一月十三日、駆逐艦満潮の艦首に一メートル二十センチほどの穴があき、浸水し、沈没寸前となる。ブインの海岸近くで、ラバウルから派遣された人と二人で応急処置をする。

潜水直前、重爆が編隊を組んで頭上に向かってきた。それを見ながら、これまでの命かと覚悟したが、水中に潜ると別世界。水はあくまで透明で、視界は数十メートル。色とりどりの魚たち、艦底には隙間なく小判鮫が吸い付いている。魚は近づくと作業の邪魔にならぬ程度に道をあけてくれた。

昼夜兼行、三日間の応急修理を終え、排水ポンプ数台で排水すると、艦は徐々に浮上し、復元状態まで浮上したときの嬉しさ。一同感激し、心底喜んだ。夜陰に乗じ、駆逐艦満潮はラバウルへ曳航された。私たちは後姿を見送りながら、満潮に幸あれと祈った」

叔父は、十七歳で佐世保の海兵隊の志願兵となった。二百四名の中隊で、努力賞をもらい、上司に横須賀の海軍工機高等学校に入り工作兵になってはどうかと勧められた。高等小学校の学歴しかなかった叔父は、進学を希望し、受験勉強に勤しむ。

しかし、勉強時間が足りない。夜、消灯時間のあと、毛布をかぶり、懐中電灯の灯りで勉強。あるとき、見廻りの分隊長に見つかり、罰則を覚悟したが、「しっかりやれよ」と励まされ、その温情は身に沁みたという。受験ののち、無事、入学できた。ブインの潜水作業は、工機学校で身に付けたことが生かされた。

無事復員した叔父が、サメの挿話を従妹の和紀に次のように語ったと聞く。

「大きなサメが口を開け、ぎらりと光るナイフのような歯並びを見て、笑っているように思えた。こちらは敵意も恐怖心も持たなかったから、サメは見逃してくれたのだろう。どんなときも、人間、平常心を失ってはならない」と。

もしかして、サメは人間同士のおろかな戦いを笑っていたのかもしれない。なお右の手記によると、上司がサメよけに艦上から数条の白いサラシ布を数ヵ所垂らしてくれたそうで、その配慮に、叔父は謝意を述べている。

山本五十六大将の白木の墓標

もう一篇の叔父の手記は、先に述べた山本五十六大将の、お墓の個所だ。大筋を要約する。

「昭和十八年四月十八日、早朝より軍装を調え、長官一行の視察をお迎えするべく待機中、戦死が知らされた。一瞬体の力がぬける気がし、これからの日本はどうなるか、複雑な心境になる。捜索隊は三日ほどかけて遺骸を発見し、ブインに運べたのは、不幸中の幸いだった。

翌日わが工作隊数名で、長官の墓標を作る。現地の原木で白色に近い、きれいな柱にした。三十三センチ角、四メートルほどの高さで、立派なものであった」

叔父は佐世保の海軍に入隊する前は、指物大工の徒弟奉公をして修業をしたので、その経験が生かされた。

遺骨の扱いで、先に述べたように、叔父も戦友が戦病死したとき、小指を遺骨にし、死亡場所、日時、氏名をメモして、引き上げ地の世話課に二十名ほどの分を届け、感謝されたそうだ。

南十字星とブインの満月

口数の少ない叔父だったが、それだけに、ぽつりと漏らした次の言葉を、従妹和紀は印象深く記憶している。

「こうして、平和な時代を迎えてみると、ブインで見た南十字星と満月をもう一度、見てみたい。満月の夜は本が読めるほどの明るさだった」と。

絶えず命の危険に脅かされる極限状況のなかで、仰ぎ見た月や星を懐かしむのは、「こうして平和な時代を迎えてみると」のなかでこそ生まれた感慨だろう。

復員できた叔父は、戦後の復興期の建築ブームのもと、指物大工として暮らしを立てた。幸せな家庭を築き、八十七歳で生涯を閉じた。

その平和が危ない

今や日本の政財界は再び戦争のできる国へと舵をきった。二〇一四年七月集団的自衛権の行使を認める閣議決定をし、二〇一五年九月十九日に安保関連法を強行採決した。

先の戦争で何百万という尊い命を犠牲にして得た平和の砦が、積木の家のように音をたてて崩れていく。わが身の命の先細りは自然の摂理だが、平和と民主主義の先細りは許せない。未来の世代に無責任だ。

戦後七十年間を、歴史の長い尺度で未来から測って「束の間の平和な時代だった」と、なりはしないか黒雲のような不安に襲われる。

安倍首相は積極的平和主義なる字面だけだと惑わされそうな言葉を掲げ、日米軍事同盟をさらに強化し戦争への道をひた走る。

こうした状況下で私は、平和主義に貫かれた現憲法を守ろう、のバトンをどれだけ周りに手渡したか、自分に問いかける日々だ。考えているだけではだめで、自分にできる範囲で、戦争反対、平和を守ろうのバトンを周りに手渡し、政府に声を届けよう。たとえデモに行けなくても、出来ることはいろいろある。七月の選挙も近い。

希望の灯は、動員されたのでなく、個の立場で自発的に学生や若いママたちが、自由と平和、民主主義を守ろうと動き始めたことだ。国会周辺だけでなく、日本の各地で。

（にしのうちたえ　一九三三年生まれ）

花と出会い、花に愛され、花に心寄せる人、花仲間になりませんか

池内　裕子

家族の故郷はゆるい坂の上

一九七八年（昭和五十三年）、よちよち歩きの娘を連れて、札幌から東京へ戻ってきた。古い官舎が一軒、空いていた。板張りの平屋はかなりみすぼらしかったが、ＪＲ駅に近く、都心でありながら、緑豊かな街並みが気に入った。数年後に息子が生まれ、その息子が成人するまでの二十三年間をここで過ごした。

五軒並んだ小さな家は、当時、すでに築三十年。ヤモリが窓にへばりつき、ネズミが天井裏を駆け回る隙間だらけの家だったが、この五軒を除けば、一帯は大きな屋敷が並ぶ。野鳥も多く、春には鶯の谷渡りが聞こえ、冬にはジョウビタキが飛来した。

バブル期を境に、緑あふれた町内は、すっかり様変わりした。広い屋敷は高級マンションに建て替わるか、分割されて小さな家が何軒も建った。あちらこちらに空き地も出現した。庭木や、区が保存樹木として指定していた大木も切り倒され、急速に緑が失われていった。夕暮れ時、草が生い茂る空き地に油蝙蝠がひらひらと飛び交う様は、ここが都心であることを忘れさせた。

世の中が急速に変化していたときも、私道と奥にある五軒の官舎は時間が止まっているようだった。

私道で植物を育てる

私道はゆるい上り坂で、上がりきったところにブロック塀に囲まれた我が家があった。道路は塀に沿って右に曲がり、奥四軒へと続く。幅五メートル、長さ百メートルの私道は、曲がり角に大きなイチョウの木がそびえ、その下は車が二台止められるスペースもあった。日当たりも風通しも良かったので、雑草を抜き、アジサイ、クチナシ、ススキ、萩などを植え、砂利を取り除いて花壇を作った。野に咲くものから花屋で売っている園芸品種まで、数え切れないほど多くの植物を育てた。

初めは、近所の人が犬の散歩で立ち寄る程度だったが、植物が増えるにつれ、植物に関心のある人たちが集まるようになった。「ここにはない植物だから」と、届けてくれたり、「引っ越し先に持っていけないから」と、大事に育てていた植物を置いていく人もいた。門の前にビニールや新聞紙にくるまれた植物が置かれていたことも度々あった。花の写真を撮りに来る人も現れた。

だが、植物好きの楽しい交流ばかりというわけにはいかなかった。四季折々に花が咲くようになると、開いたばかりの花を狙って持ち去る人が現れた。

鉢植えにした花は、植木鉢ごと姿を消した。クチナシは花の香が漂うと、すぐに切り取られた。秋には赤く色付いたビナンカズラが、暮れにはお節のきんとんに使うのか、クチナシの実が狙われた。アジサイや萩やススキは、大株になってたくさん花をつけていたので、盗られても気がつかなかったが、近所の人が、花を取って行く人を見たと教えてくれた。

私道の入口に「立ち入り禁止」の大きな立札を設置した。

ヒマワリが消えた

小学生の娘が、学校からヒマワリの種を持ち帰って、花壇の縁に置いたプランターに蒔いた。そこは私道の中で、いちばん日当たりのよい場所だった。

数個の種のうちの一本が育った。娘はヒマワリに支柱を添え、毎日、水をやっていた。そして、ちょうど背の高さぐらいに成長したところで花が咲いた。ヒマワリの花は小ぶりで可憐だった。娘は「私のヒマワリ」といって、前にもまして世話をし、観察もするようになった。

ところが、夏休みも間近の朝、「行ってまいりまーす」と家を出た娘が、慌てて戻ってきて、「ヒマワリが無い」と大声で叫んだ。ヒマワリは茎がわずか二十センチ残っているだけだった。

あれは私のヒマワリ

大切なヒマワリを盗られた娘は、学校から帰るとすぐに、何枚もの厚紙や木の板に「花をとらないでください」「花どろぼうはやめてください」と書き、フェンスに下げた。

二日後、娘が学校から走って帰って来た。汗を流し、真っ赤な顔をして、「喫茶店の前に私のヒマワリがあった」という。すぐに娘と行ってみた。

小ぶりで可憐なヒマワリは店頭の壷に一本だけ活けられていた。私のヒマワリだと主張する娘を、「証拠はないから」となだめ、お店に尋ねることはしなかった。

数年後、無農薬野菜を共同購入する仲間から、五十センチほどのアジサイの挿し木苗をいただいた。実家の庭に昔からあるもので、珍しい品種だという。鉢に植えて私道に置いた。

翌年、苗は倍ほどに成長し、一本の枝に花芽がついた。今年は花を切らずに鑑賞し、株を大きくしてから増やそうと皆で決めて、花が開くのを楽しみに待っていた。

まもなく、掌よりも大きな額アジサイが花開いた。中心は青みがかった白い小さな花の集まりで、そこから放射状に伸びた柄の先には、こころもちブルーがかった八重の白い花が開く。葉の濃い緑色に映えて、花は優雅で気品がある。今では「墨田の花火」と呼ばれて花屋の店頭に並ぶが、当時は誰も目にしたことがなかった。アジサイの鉢を、手の届きにくい花壇の奥に移した。

翌日の夕方、仲間の一人から電話がきた。「あのアジサイ、無くなってなあい？」と言われて、私道へ出てみた。咲いたばかりのアジサイの花は姿も形もなく、枝分かれしたところからバッサリ切り取られていた。

電話をくれた友人が、たまたま喫茶店へ行ったところ、白い八重のアジサイが飾ってあったという。店主が、「素敵でしょ。坂道の奥に、このアジサイが咲いていたのよ」と、アジサイを取ってきた場所をこと細かに話したため、私道のアジサイであることを確信したのだという。

次の日、喫茶店へ出向き、アジサイは大切に育てていたものだと説明し、私道にある植物を勝手に取らないように伝えた。店主は口ごもってなかなか返事をしなかったが、突然、「あのヒマワリは、私がとったのではないです」と言った。一瞬、耳を疑った。そしてすぐに、数年前、娘が育てていたヒマワリのことだと気が付いた。

店主には、植物が欲しいときには声をかけてくれるように伝えた。

娘は、喫茶店の店頭にあったヒマワリが自分の育てたものであると分かって、長い間のもやもやが晴れたようだったが、喫茶店にまで見に行っていながら、確かめなかったと、私を責めた。

ローマで見たキョウチクトウ

もう、二十年も前になるが、イタリアを旅した。

七月のローマは、どこへ行ってもキョウチクトウの花が咲いている。その種類も豊富で、一重咲きの淡いピンクに赤、八重咲きのクリーム色などもある。中でも、淡いピンクの一重咲きの花の美しさは格別だった。蕾はピンクの濃淡がゆるいラセンを描く。開花すると、桜色よりやや濃い、淡いピンクになる。花数が多く、房のようになって咲くので、木全体がピンク色に染まり、華やかである。

旅行から帰って、半月経ったころ、すぐ近くのお屋敷の高い塀から、一重咲きの淡いピンクのキョウチクトウの花房が顔をのぞかせているのを見つけた。イタリアで見たのと同じ色合いである。今まで何度も前を通っていながら、キョウチクトウの木があることさえ知らなかった。一枝もらえたら、淡いピンクのキョウチクトウが我が庭で花咲くのも夢ではない。期待が膨らんだ。

お屋敷は屋根付きの門構えに門かぶりの槙、高い塀の上には瓦、窓には短い簾が下がる純和風の家である。道路から見える二階の窓はいつも雨戸が閉まっていて、ひっそりと静まり返る。家の人とは出会えないまま一年が過ぎた。

翌年の初夏、キョウチクトウの花が咲き始めたころ、そのお屋敷の前を通ると、梯子がブロック塀にたてかけてあった。梯子の上には、きちんとした身なりの年配の男性がいて、塀から飛び出したキョウチクトウの枝を払っていた。お屋敷のご主人とお見受けした。

挿し木用に、道路に落ちている枝が欲しくて、梯子の上の男性に、「こんにちは。素適なキョウチクトウですね」と声をかけた。この機会を逃したら、もう二度と会えないような気がしたので、思い切って、「一枝いただけないでしょうか」とお願いしてみた。一瞬、いぶかしげな目をしたが、キョウチクトウを手放しに褒め続ける私に根負けしたのか、梯子から降りて、「ちょっと待っててください」と言いながら、屋敷の中に入っていった。戻ってきた男性の手には、花が咲いているキョウチクトウが三本あった。「まあ、なんて美しい色なのでしょう。ありがとうございました」。何度も頭を下げた。

花が束になって咲いている十五センチ程の枝は、挿し木にできるところがほとんどなかった。だが、あこがれの花を何としても育ててみたかった。花の部分を短く切って花瓶に入れ、残り、わずか五センチほどの木部を土に挿した。

三本のうち、一本だけが根付いた。小さなキョウチクトウの苗を鉢に植え、門柱に並べて置いた。三年後、ようやく一、五メートルに成長した木は、枝分かれした三本全てに、一重の淡いピンクの花をたわわに咲かせたのである。門周りが華やかになり、訪れる人の目を楽しませてくれた。枝の数より、挿し木を約束をした人の数の方が多くなった。

ところが、ある朝、花が消えた。淡いピンクのキョウチクトウは根元から四十センチ残して、上部をバッサリ切り取られ、葉は一枚も残っていなかった。

思い入れの値段

すぐに交番へ走った。警察官は私道入口の標識と、鉢が置かれていた場所から、今回の花どろぼうは窃盗罪に当たると判断してくれた。

被害届を出す事にした。

用紙には被害金額を書く欄があった。盗られた花に値をつけなければならない。値段を出すためのヒントをもらえるかもしれないと思い、「市場に出回っていないし、やっとの思いで手に入れた枝を挿し木して、手塩にかけて育てたものなので、値段がつけられないのですが。どうしたらよいでしょう」と尋ねた。すると、警察官は仕事の手を休めることなく一言、「思い入れの値段は抜いてください」と答えた。それでも、再び手に入れるのが難しいこと、花が咲くまでの三年の年月、盗られたという精神的な損害を含め、被害額を七千円と記入した。これだって、とびっきり安く見積もった額だった。

大事な花を盗られてしょんぼりしたが、一ヵ月もすると、棒でしかなかった茎から小さな芽が出てきた。翌年には枝数も増え、再び花をつけた。挿し木して、多くの人に分けることもできた。

「ローマの休日」と名付けて

「いただいたキョウチクトウが大木になりました。花の時期が長く、美しい色合いとその華やかさが、とても気に入っています。他のキョウチクトウと区別したいので、名前をつけたいのですが」。都内に、広いお庭を持っておられるご高齢の男性から、お手紙をいただいた。

以前、隣家との境を花木で目隠ししたいと相談を受けたので、「ローマで見た花」との注釈つきで、挿し木の一本を差し上げたのだった。

早速、見に伺った。キョウチクトウは大きく成長し、木全体がピンク色に染まっていた。相談して、「ローマの休日」と名付けた。友人が石板に「ローマの休日」と書いて名札に仕立ててくれた。

大事な植物は自転車に載せて

二〇〇一年、老朽化した官舎を取り壊す旨の通達があった。夫の定年も近かったので、官舎退去を期に、今の地に越してきた。新居には小さいながらも庭と呼べるスペースも確保できた。長年、官舎の私道で育ててきた大事な植物を掘り出し、自転車の籠と荷台に載せて運んだ。片道三十分の道のりを、何往復しただろう。赤茶けた土むき出しの新居の庭が、入居時には緑に彩られた。

花仲間が増える

越してきた地域は近所づきあいがほとんどなかった。おまけに、昼間は留守することが多いので、なかなか馴染めずにいた。更に、奥深い庭は、美しい花が咲いていても、どんなに珍しい植物が育っていても、道路からは見えにくい。花が盗られることは無くなったが、一人で植物を愛でるだけではさびしい。

そこで、花と緑のボランティアに参加したり、ガーデニングのサークルに所属するなどして、花仲間の輪を広げている。

「生協の配達員から、お庭の話を聞いてきました。見せていただけますか」「牛乳屋さんから、一度見せてもらったらといわれたので」と訪ねてくれる人がいる。「ラジオ体操の後、道路からお庭を拝見せていただいてます」と声をかけられたりもする。

今も、官舎に住んでいたときのように、毎年、たくさんの種を蒔き、挿し木や株分けをして苗を育てている。植物の名前を尋ねられたら、「苗がありますが、お持ちになりますか」と声をかける。「いただいた苗、花が咲きました」の報告を受けるのも嬉しい。

花の好きな人、この指とまれ

花仲間は素晴らしい。お庭を見せてもらったり、種や苗を分け合ったりするなかで、心の交流も盛んになる。

「小さな庭ですが、一度、いらっしゃいませんか。気に入った植物があったら、挿し木、株分けをしましょう」が、花仲間へのお誘いである。

（いけうちひろこ　一九四六年生まれ）

そぞろ歩きも、病気さえも、えっ、生きている〝あかし〟なのかあ。つらいけど、そう思うと、少し、気が楽になります

柴本　礼子

芸大祭

芸大のキャンパスに入ったとたん、モーツァルトのオペラ「魔笛」の「魔女のアリア」が聞こえて来た。緑の大木と赤レンガの建物、そして人、人……。百二十年の歴史の重みを背に芸大祭は開かれる。門から入ってすぐにテント、テーブルと長椅子。父兄らしき中年の男女が、飲み物を手に歌声にうっとり。歌っているのはTシャツにジーンズ姿、やや太めの男性たち。テノールやバリトンが流れ、たちまち別世界となる。すばらしいハーモニーに夢心地になった。一曲終わると「ブラボー」と拍手喝采。暫くして道を渡り美術館に入る。一般に公開されている。つい最近も円山応挙や若冲の襖絵を見に来た。

九月九日。暑いが、芸術の秋、心地よい高揚感があった。裏に回ってみる。「東京藝術大学創立百二十周年記念企画・自画像の証言」の文字が目にとまる。明治三十一年七月卒業の北連蔵、白瀧幾之助から現在まで四千八百点近い作品が所蔵されているという。その中の一部の展示だ。明治時代の二人は口髭を生やし、威厳に満ちていた。

自画像のレールを敷いたのは黒田清輝（一八六六～一九二四）。フランスに留学していた時の彼の自画像は口をキュッと閉じ、前方を見ていて、親の反対を押し切って自我を通す絵への思いが出ている。若者の清さが素敵だ。そのポリシーを現代の学生まで百二十年間続けている芸大も、また良いではないか。

高校時代、清輝の「湖畔」を国立博物館で見た。油絵などあまり見たことのなかった私は、カルチャーショックを受けた。結婚してまもなく、「何か趣味でも始めたら」と友人に言われ、何を勘違いしたか「ＹＭＣＡ」にデッサンを教わりに行った。それから今日まで、絵にだけは関心を持つようになった。普通の人よりも下手なのに。

黄金時代。一九〇四年卒業組。

和田三造、青木繁、熊谷守一、児島虎次郎。

八十四歳の長寿を全うした和田は、白馬会記念展で「牧場の晩婦」で白馬賞を受賞。それからいろいろ賞を取り、ヨーロッパに留学を命じられ、立派な業績を残した。

青木は二十八歳で夭折する。しかし、「海の幸」「わだつみのいろこの宮」の二点が重要文化財に指定される。「海の幸」の男達の生命力と魚は、私の大好きな作品だ。

熊谷は九十七歳まで生きた。一日中自宅の庭の草花や虫を眺めて画いた。私は眠っている猫の絵が好きだ。

児島は画家として、コレクターとしても立派な才能を発揮した。大原孫三郎の委嘱で名画の収集に奔走。日本初の私立の西洋美術館「大原美術館」を結実させた。ゴッホの糸杉の風景やセザンヌは、旅の途中の思い出にある。

明治から大正、昭和の初め。

大正時代のデモクラシー運動、吉野作造の民本主義、美濃部達吉の天皇機関説。社会主義運動も生まれる。第一次世界大戦。ロシア革命。日本は好景気。女性も「タイピスト」「バスガール」、働く場が増えていく。

しかし、芥川龍之介が「将来に対する唯ぼんやりした不安」をかかえ自殺。「孤独感」にも悩む。戦争と結核、死の不安が若者を襲う。

羽場金司、二十九歳で病没。遠山五郎、アメリカに渡り、前途洋々のはずが結核に感染。死を迎える。中村彝は「エロシェンコ像」を描いた。新宿中村屋の四階に絵があった。

小出楢重、岡鹿之助。それぞれ黒田清輝の「自我の確立」を極めた人達だと思う。

戦時下の画学生。その自画像を見て、「なんてことだろう」と私は呟いた。「目が描かれていない作品」が、二十三作品中九作品もあるのだ。描かれていても、ほとんど何処を見ているか分からない。「浜田知明」だけがけわしい顔で一点を見つめていた。

戦死者が残した作品をおさめる「無言館」でも、「原田新」（一九一九～一九四三）は眉間に皺を寄せ、吊り上がった目がうつろだった。「中村萬平」の自画像もメガネでほとんど目の表情が読めない。青年なのに、自画像はまるで四十代。疲れ切っているようだ。

日高安典（一九一八～一九四五）。おでこと鼻だけ白く、シャツも白。目、顎、頬はバックの黒と同じに塗り潰してある。

「無言館」の作品ではないが、胸に手をあて、眉間に皺を寄せ、大きく口を開けて、ムンクの絵のように叫んでいる絵があった。「樽松正利、一九九四年に出品」とある。

昭和から平成へと移る。目のない自画像はない。どう描くかから、何を描くかに変わってきたとある。

私には理解出来ない絵が多いが、自由に描ける平和な時代になったということかしら。

M病院の天使達

二〇〇二年五月、私はバイパスの手術をした。その時の看護師さんや患者さんのつぶやきを書いてみたい。

なんと言っても看護師さんには、感謝の言葉でいっぱいだ。

「アナグマの気分。目がチカチカして」。夜勤明けの看護師さんがこぼす。仕事とはいえ、私達の世話のために起きているわけだもの。分かる、分かる。

「病は気からって本当なのよ。前向きに自分から治そうという人の方が早く退院していきますからね」。毅然として私にそう言った。

朝、年配の女性が「痛い、痛い、さわらないで」と訴える。「さわらなきゃ注射出来ないのよ。さあ体重も量りましょ。体重量らないと身体の具合がわからないの」。看護師さんがなだめる。

何本目かの点滴。「私、もう終わり？」と私が聞いたら、きっぱり「まだあるんですよ」と宣告された。

「柴本さん自身の事だから、分からないことはちゃんと聞いてね」

「ＩＣＵのパンフレット置いとくから、よく読んでね」

「帰ってきたら、またこの病室で私達が看るから大丈夫よ」

「ちっとも怖くないから」

「一階のＲＩ検査室に行ってください」

会話を楽しむ気分です。看護師さん、そんな気持ちにさせてくれます。

ＩＣＵは、前にも来たことがある。

「この方、前にやったんですがね、体重があるんですよ。機械がもちますかね？　そっと端のほうに乗れば大丈夫ですかね？」

声が聞こえてくる。ちなみにその時、私の体重は六十二キロ。まさか私のことじゃないでしょうね。

「○○さんごめんね。ちょっとまた針を刺すけど、我慢してね」

「はい」

「まったく。返事だけはいいんだから」

「痛い、痛い、もういやだ。やめて」

ああ、あの声は、私より年輩のあの患者さんだな。

「まだなんにもしてないよ」

と看護師さんの返事。

患者のひとり言で一番多いのが、家族は当然迎えに来てくれていると思っている言葉。なのに「今日は仕事だから、荷物は宅配便で送ってもらって」とがっかりしている。

食欲がないのは癌の人達だ。女性だからスカーフをかぶっていた。最初、何故だか理由が分からなかった。

向かい側のおばあさんがつぶやく。

「長男夫婦、連休で旅行に行ったの。一年前は毎日見舞いに来てくれたのに。七時まで面会できるのに」とこぼす。

肺癌の人がつぶやく。

「白内障の人はいいわね。内臓が悪いわけじゃ、ないんですもの。ルンルンよね」

患者のMさんは、とうに化粧を済ませて家族が来るのを待っていた。この人の気持ちを誰も知らない。十一時三十分、十一時三十二分、十一時三十三分……。一分の時がこんなに長いものか。十一時四十五分、その人はついに電話をした。一時過ぎ、ケロッと家族がやって来た。その人は嬉しそうにニヤッとした。

私は長い入院生活も終わりに近づき、やれやれ、やっと退院の許可がおりた。

でも早速、医療費をどうするかなどと二人でヒソヒソ話をしていると、近くにいた看護師さんが立ち聞きしていたらしく、

「あ、それなら大丈夫よ。ともかく区役所へ行って、身体障害者の認定を受けていらっしゃい。あとは病院のほうで取り計らいますから」

とささやいてくれた。〝地獄で仏〟とはこのことか！　夫はもう走り出していた。

退院の日、見送ってくださった看護師さんたちの笑顔が、それこそ天使のほほえみのように見えた。

お医者様

二〇〇二年、M病院でバイパスの手術をして九年以上が過ぎた。いろいろな先生に巡り会った。やはり心臓バイパス手術の責任者、F先生から書くのが礼儀かしら。先生は、背は百七十五センチぐらいかな。白髪だ。まだそんな年齢には思えないが、「F先生って頭が良い（カリスマ）って感じね」と私は看護師さんに言った。「そりゃもう先生はスペシャリストですよ」と彼女は誇らしげだ。いかにも医者という顔をして歩いている。声をかけるのもドキドキだ。

もう退院してから八年ぐらいたったある日、何故か先生と看護師と私とで話す機会があった。台風が来そうな日だ。「台風も午後には本州を抜けるらしいですね」と私が言った。すると先生が「まだだろう。これからじゃないか」と答えた。私はテレビでたしかにそう聞いたが、なんたって大先生、逆らえない。「じゃ先生、失礼します」と早々に退散した。

帰ってテレビをつけると、台風は過ぎ去っていた。大先生も間違えるのだ。人間だものね。けど、先生はM病院でますます貫禄をつけて歩いている。

お次は、今の私の主治医のT先生。心臓内科だ。まだ若い三十代後半。キリッとした顔をしている。やっぱりお医者様って感じだ。

ある日のこと、「柴本さんは僕なんかまだまだと思っているんでしょ」と言う。「どうして?」と私。血圧を測るといつも百二十から百三十、下も七十ぐらいと安定しているせいらしい。「とんでもない。

いつも緊張してますよ」と笑った。それからは先生と打ち解けて話すようになった。

お次はS先生。T先生とお友達だそうな。年も同じ。パーキンソン病になってからの心療内科の先生だ。とても優しい声で話す。「はい、よろしいですね」が口ぐせだ。

その先生が怒ったことがある。薬について私が新聞記事を話題にしたときだ。医者のメンツをつぶすような言い方を私がしたらしい。私は「新聞にも書いてありますよ」と新聞の切抜きを持って行った。それが頭にきたようだ。パーキンソン病の場合、これしかしょうがないのだろう。私は「申し訳ありませんでした」とひたすら平身低頭するのみ。

「坊主と医者には勝てぬ」と誰かが言ってましたっけ。

「デイサービス」の紳士たち

♪しらかば〜あおぞ〜ら……あァ北国のォ春……

デイサービスの一日は、まず歌に合わせてストレッチ体操から始まる。

皆さーん、もっと体を伸ばして！

ケアリーダーの甲高い声が響きわたる。

そんなこと言ったって、体が言うこと聞かないのよ、と皆つぶやく。

女性たちのグチ話や世間話ばかりは少々退屈だが、男性たちは話題が豊富で、あきることがない。

中でも元海軍士官M氏（九十歳）や、地元の印刷会社の社長さんN氏（八十四歳）の二人は、話が尽きることがない。

元海軍さんの話。

「一週間に一日は、かならずカレーライス。デザートはおしるこがつくんだ。きっと元気を出すためだろうな」

「戦艦武蔵に乗ったんですか？」

「いや、乗る寸前だったんだ。戦争は終わったがね、空しさだけが残るね」とポツリ。

「海軍はね、とにかく一日五時間は勉強なんだ」と言う。そういえば世間一般のこともよく知っている。

「長さ二メートルの太いオールでボートを漕ぐんだ。朝から夜まで大変よ」

「よく銀座に遊びに行ったな。ダンスもやったし」

デイサービスの人が「Mさんはきっとかっこよかったんじゃないの？」と聞くと、「いや、そんなことはないけど」とテレている。

「もう戦争の話はやめようよ」と言いながら、NHKの籾井勝人会長のことを、「おかしなことばかり言いやがって」とくさす。「あいつを会長にしたのは一体だれなんだ、まったく！　国会に出て来る時、でかい顔しやがってさ」と言う。何事にも興味を持って話をする。

もう一人の印刷会社の社長さんの話。

「あの戦争の時、故郷がないから大変。逃げるところがないでしょ。なんとか命は助かったんだけど、とにかく掘立小屋を建てて、なんとか生き延びてきたんですよ。隅田川には死体が流れてきてすごかったですよ。引き潮になると死体がいなくなるんです。上げ潮になるともどってくるんです。戦争はやっちゃいけないですよ。何の意味もない」

三月十日、東京大空襲――。たまたま夫が学童集団疎開から帰って来た日だった。その日は約十万人が死んだ。地獄図だった。

お二人とも、戦中、戦後の修羅場をくぐり抜けてきた「士（さむらい）」であり、そこからにじみ出る〝一家言〟は、私の心にしみじみと伝わってくる。毎回、お会いするたびにお二人と対話をさせて頂くことによって、私もリフレッシュし、〝頭〟のリハビリにも心がけたいと思っている今日この頃です。

ざわめき

木枯らしが身にしみる十二月に入ると、下町浅草の我が家は、毎度のことながらなんとなくそわそわと落ち着きがなくなる。

「もう師走だね」と姑が溜息をつく。「この間正月だと思ったのに、もう一年が経ったのですね」。嫁の私もヤレヤレとつぶやく。

姑は長野の人だ。実家は菊屋という造り酒屋だったとか。家紋が皇室と同じ「十六弁の菊」なのが誇りだが、「なに言ってやんでエ、今は家柄より金柄だい」と、口の悪い舅はいつもこんな調子だ。舅も京都は西陣の帯問屋の息子で、五歳の時に柴本家に養子に来た。私にすれば、どちらも立派な家柄に思えるのだが、「元をたどれば猿だよ」と我が夫は言う。

姑は、溜息をつきながらも「おとうさん、襖の張り替え、今年は早めに経師屋に頼んでくださいね」と舅に指図する。

姑は十二月ごろからキリリと変身する。普段はのんびりした人なのだが、少々口うるさくなり、声のトーンが上がる。

「礼子、お花買っといて。一夜飾りはいけませんよ。松、千両、菊はかならず入れてもらってね」

正月に店と床の間に飾る花にうるさい。

おせち料理はデパートで間に合わせたが、五目寿司だけは姑が作った。中の具は細かく切ってよ、と甲高い声がひびく。

お屠蘇を祝う一式と、お年賀などを入れるお盆は、姑が出す役目だった。舅は、年末になると仕事の付き合いとかで何かと出歩くことが多くなる。

年の瀬も迫ってくると、いきつけの飲み屋のお姐さんが、江戸小紋を小粋にきめて、一升瓶を下げて、しゃなりしゃなりと現れる。店先は一時、華やかになる。美人に弱いのは柴本家三代の伝統らしい。舅は早々とどこかへ雲隠れ。姑はカッカして、後しばらくはお互いにそっぽを向いていた。

舅と姑が亡くなってもう長い年月がたちました。私は姑のように毅然とした正月は迎えられそうもない。でも、あの頃の我が家の師走の〝ぞめき〟の楽しかった思い出は、そっと胸に秘めておきたい。

話が、あっち、こっち、とんだかしら。でも、こんなのが私の老後、私の人生。読んでいただいて、ありがとう。


（しばもとれいこ　一九四二年生まれ）

第3章

おかげさまで、
こころ豊かな日々です

私たちが選ぶ愛唱歌は、「ふるさと」。いっそ国歌に、との声も出ました。

兎追いし　かの山　小鮒　釣りし　かの川
夢は今も　めぐりて　忘れがたき　故郷

如何にいます　父母　恙なしや　友がき
雨に風に　つけても　思いいずる故郷

こころざしを　はたして　いつの日にか　帰らん
山はあおき　故郷　水は清き故郷

謙虚に老いと向き合いながら、いのちあるものを愛で、楽しい出会いを重ねています

畔柳　啓子

夏バテ症候群

思い起こすと、二〇一三年の夏は、東京でも連日三十五度を超える猛暑が続いた。四国の高知では最高気温四十一度などと信じられない暑さを記録している。

その頃の私のスケジュールを調べてみると、かなり予定が詰まっていて、毎日のように電車に乗って出かけていた。

寝苦しくて不眠の夜も多かった。それでも八月になれば、読書会その他の集まりも夏休みに入り、もっとゆとりができるからと、つい無理を重ねていた様子がうかがえる。

「家のなかにいても、老人は熱中症にかかったりして大変ね」などと他人事のように話していたが、自分の疲労度に関しては全く無頓着で、気付こうとさえしなかった。

そのツケが突然やって来て、これまでにない体調不良に襲われたのも、結局はいわゆる夏バテ、つまり自律神経の変調らしい。

広辞苑を引いて「自律神経失調症」という項目を見つけたのは、ずっと後になってからだ。

「自律神経系の失調による症状。神経症の身体的表現と考えられ、倦怠・のぼせ・冷え性・めまい・頭痛・肩こり・動悸・息切れ・食欲不振・腹痛・便秘・下痢・多汗・無汗・不安・抑鬱など自覚的愁訴は多様かつしばしば強いが、器質的異常を欠く。不定愁訴症候群」とある。今になって思えば、全くその通りだった。

頭がくらくらして新聞も読めない。テレビもうっとうしい。集中力や根気がなくなって、台所の立ち仕事もすぐにダウンしてしまう。電話に出たり、人と応対するのも立っていられず、たちまち気分が悪くなる。食欲は全くなく、一ヵ月で三キロほど痩せた。家の中を動くのさえよろめきがち。日中はクーラーのきいた部屋で背もたれ椅子にぐったり座って、窓のカーテンに庭の木々の影がちらちら踊っているのを、ただぼんやりと眺めていた。

夜が来るのが怖かった。独り暮らしのため、体調が悪い時は不安がつのるのである。夜中に心臓発作や呼吸困難になって救急車を呼んだとして、玄関のドアが開けられるだろうか？　ご近所の誰に救急車への同乗を頼めるだろう？　などと考え出すともう眠れない。

二年ほど前から、近所のかかりつけ医師による健診の結果「肺気腫」の診断を受けていた。息苦しさはそれが原因だろうと考えた。医師を通じて酸素の機械が家に運び込まれ、一週間ほど昼も夜も酸素を吸っていたが、特に気分がよくなる感じはなかった。指先で酸素の血中濃度を測る器具を買って、自分で測ってみると、なんとほぼ正常範囲だった。

息苦しさに加えて、脇腹の鈍痛を医師に訴えると、中年の女医さんは応えた。

「あなたの年代では癌が多いですからね」

そこでとりあえず血液検査と検尿で腫瘍の有無その他を調べたが、結果はすべて異常なし。つまり、器質的異常はないのだった。

私はそのことを電話である友人に知らせた。彼女の夫が医者なので、以前に肺気腫について相談していた。

「病は気からよ」

彼女は事もなげに答えて、勝手なおしゃべりを続けた。（その気がなかなか厄介なのよ。これは長引くのではないかしら）、私は内心こう思った。

離れて暮らしている息子や娘たちは、私の不調をおおいに心配し、遠路をいとわず通ってくれた。しかし、遠距離介護を続けさせるわけにはいかない。早々に介護保険の申請をするべく地域の包括支援センターへ電話した。

若い女性の所長さんと看護師さんがお見えになったのは、あいにく病状が一番悪い時で、ご持参のパンフレットの説明も聞くに堪えられず、目をつぶり、両手で耳を塞ぐ始末だった。同席していた娘が、申請書の書き込みなどすべて肩代わりしてやってくれた。その折の看護師さんの言葉は身に沁みている。

「食べなきゃだめですよ。食事が何より大事です。体力の元ですから」

子どもたちが運んでくれるダンボールいっぱいのレトルト食品、おかゆ、スープのたぐい、手作りのお惣菜が冷蔵庫に溢れていた。せっかくの心づくしを無駄にしてはいけない。がんばって食べなければ、と思った。

支援センターの紹介で、社会福祉協議会からヘルパーさんが週一回来てくださることになった。家中の掃除、布団干し、料理の下ごしらえなど、本当に助かっている。何より笑顔で接してくださるのがありがたかった。

秋になってようやく炎暑も去り、涼しくなるにつれ気分も徐々に落ち着きを取り戻してきた。草ぼうぼうの荒れ放題だった庭も、シルバーセンターに電話して草取りと剪定をすませ、見違えるほどさっぱりした。

恐る恐る再開した外出も、回を重ねるごとに自信がつき、新聞、テレビもいつの間にか親しんでいる。長く休んでいた読書会やその他の集まりに久しぶりに顔を出すと、仲間たちが心から喜んでくれた。何とありがたいことだろう。

今回の不調のおかげで、家の中がだいぶ改善された。階段下にインターフォンが取り付けられ、生ごみ処理機も入り、寝具もより快適なものに代わった。何よりも子どもたちとの電話連絡が密になって、家族の絆が強まった。

謙虚に老いと向き合いながら、自分の体は自分で守らねばならない。それには決して無理をせず、こまめによく動き、よく食べ、よく眠ることだと思う。ぐっすり眠れた翌日は頭もすっきりし、身体も軽く、食欲も増すものだ。「雨降って地固まる」ではないが、たまに病気をするのもよいことではないだろうか。

そろそろ人生の終盤に入ったことに思いを致し、生かされている幸せをかみしめながら、感謝しつつ心豊かに一日一日を送りたいと思う。

七面鳥の思い出

近くの程久保川のほとりに〝コッコパークたまご直売所〟の看板を掲げた古い鶏屋(とりや)がある。傍らの空き地の柿の木の木陰に、二段重ねの鶏舎が並んでいて、烏骨鶏(うこっけい)が幾群(いくむれ)か飼われている。この鳥はやや小柄で顔は黒、羽毛は白、とさかの代わりに白い冠羽がふわふわと頭を被っている。この卵は栄養価が高く、一個二百五十円もすると聞いているが、賞味したことはない。

一、二年ほど前から、鶏舎の上の段にもう一つ小さなケージが置かれるようになり、ある日その中に、一羽の白い大きな鳥がぐったりうずくまっているのに気付いた。

「おや、七面鳥だわ。珍しいこと」

日本でこの鳥を見たのは初めてだった。

私は神戸で生まれ、台湾で育った。小学校時代を通して家では七面鳥を飼っていたから、鶏たちや七面鳥には特別な親愛の情を持っている。このケージの白い鳥は、体こそ烏骨鶏の倍ぐらいの大きさだったが、狭いところへ囲われて、いつ見てもあまり元気がなかった。

子供時代を過ごした台湾・高雄でのある朝のこと。

「早く起きなさいよ。面白いものが来てるから」

母の声に、幼い私はとび起きた。

急いで玄関へ行くと、コンクリートの上に握り拳(こぶし)ほどの七面鳥の雛鳥が二羽寄り添って、ピーヨ、ピーヨと心細げに鳴いていた。

知人の台湾人の青年が、贈物として持ち込んできたもので、頭や顔に赤い染料がチョボチョボ塗られていたのを憶えている。台湾の風習なのか、見映えをよくするお化粧だったのか、確かめたことはない。

「餌は何でも食べます。豆腐なんか好きですね」と言うので、暫くは豆腐屋さんに一丁置いて貰っていた。その他、青草や台所の残飯、野菜屑、バナナの皮、熟し過ぎた果物、とんぼ、いもむし、何でもよく食べてくれた。配合肥料などはなかった時代である。

羽毛の色が黒っぽい方をクロ、やや白い方をシロと名づけたが、二羽は無事に成長して、クロはほっそりした雌に、シロは倍ぐらいの大きい雄になった。

七面鳥は、頭から顔、首にかけて殆ど羽毛がない。頭のてっぺんにとさかならぬ肉疣があり、普段は顔の片側に紐状に垂れ下がったり、時にはキュッと縮んで角状になったりする。嘴の下の首に赤い肉垂れがあり、雄は特に大きい。顔の色は時折、赤から青に変わる。七色に変化するわけではないが、赤から青に移ってゆく中間のグラデーションがある。

人間も怒ると血が上って真っ赤な顔になり、また、恐怖で青くなったりするから、同じようなメカニズムかもしれない。

雄は孔雀のように、普段は畳まれている尾羽を、プシュッという音を立てて扇状に広げる。頭を後ろへ引き、翼を横に張って、できるだけ体をふくらませる。雌に対するアピールである。時折、首を前に突き出して「ケロケロケロケロケロ」と、びっくりするほどの大きな声で鳴く。鶏の「コケコッコー」

に相応するが、鶏のおんどりのように、早朝から勇ましく鳴き立てて時を告げることはしない。

当時の我が家の七面鳥シロとクロのカップルは、クロの方が気が強く、時々シロに対し、カオ、カオと鳴き立てて蹴ったり、突っついたりしたが、体の大きいシロはいつもじっと頭を下げ、それに耐えているように見えた。

クロは成長すると卵を産み始めた。鶏のように毎日産み続けることはなく、ある数（それはたぶん五、六個から十二、三個）の卵を産むと、巣箱にこもって出てこなくなる。餌も食べずに夜も昼も座り続ける。抱卵期に入ったのだ。

なにぶんにも経験のない私たちは、クロの産んだ七面鳥の卵に、有り合わせの鶏の卵を混ぜて一緒に抱かせたのである。

鶏の卵は二十一日で孵化し、七面鳥のそれは、一週間ほど遅く二十八日で孵化する。その結果、先に生まれた鶏のひよこを連れて、クロは昼間、巣を離れてしまった。後に残った七面鳥の卵は、それでも何とか孵化したが、一番大事な時に親鳥のぬくもりがないのは、ひなにとって致命的だった。少しでも暖めようと苦労しているうちに、ピヨピヨの声も次第に弱まって、細い足を突っ張ったと思うと、もう動かなくなってしまう。私の両掌の中で、小さな命がいくつ消えていったことだろう。

この失敗を除いては、クロは優秀な親鳥だった。毎年抱卵しては、よく雛鳥を育てた。夜は巣箱の中で翼の下に多くの雛を抱え、「ホワ、ホワホワホワ」と、動き回る雛たちをなだめすかす。限りなく優しいクロの声が、今でも耳に残っている。

昼間のクロは、雛たちを連れて庭の中をあちこち移動しながら、ときどき顔を横に傾げて空を見上げた。たまに空高く飛んでいる鳶の姿を認めると、すぐに「プルルルル」という警戒音を発する。すると雛たちは慌てふためいて物陰に隠れようとした。植木鉢の陰などで押しくらまんじゅうをしている姿があまりにおかしいので、私はときどきクロの声を真似て「プルルルル」と言っては、雛たちを大慌てさせた。生まれて間もない彼らのどこに、その知恵が刷り込まれているのか、全く不思議だった。

雛たちはぐんぐん大きくなって美しい若鳥となり、狭い庭からよく脱走するようになって、やがて方々へ貰われていった。クロとシロは後に残った。

雄のシロは可哀想な鳥だった。たまたま家の外へ迷い出た折に、近所の悪童たちに追い回され、棒切れで突かれて片目を失明してしまった。もともと野性的な七面鳥にとって、片目というハンデはかなり大きかったに違いない。縁先で首を伸ばし、室内の私をじっと見るシロの、妙に悲しげな眼差しが忘れられない。

ある時から我が家の庭に数羽の鶏が貰われてきて、七面鳥との雑居が始まった。中に一羽のおんどりがいた。白色レグホンの雄で、ピンと立った立派な赤いとさかを持ち、常に威厳があった。めんどりたちをよく統率し、餌も自分は後回しで、いつもガツガツしているめんどりたちを先に食べさせてやる気配りを見せた。交尾に関しては、数羽のめんどりに対し公平に接しているように見えた。

そのおんどりが、七面鳥のクロにちょっかいを出そうとしたことがある。クロは嫌がって逃げ回った。それを見たシロが猛然とおんどりに向かって行き、翼を横に広げながらバーンと音を立てて烈しい蹴りを入れた。おんどりは二、三メートルも跳ね飛ばされ、勝負は一瞬で決着。誇り高いおんどりにとって、面目丸つぶれの出来事だった。それ以来、このおんどりはクロやシロに近寄ろうとはしなかった。普段はおとなしいシロが、本当の強さを見せつけたのは、後にも先にもこの時限りだったように思う。

先日、もう一度七面鳥に会いたくて、あの鶏屋に行ったところ、白い七面鳥は姿を消し、かわって色鮮やかな錦鶏（きんけい）が来ていた。金色の頭に赤い胸、黒く長い尾羽のほっそりした鳥が、何とかして外へ出ようと、せわしなく動き回っていた。

桜は散り始め、程久保川の岸には黄水仙の群れが、てんてんと若草に光を添えていた。

八ヶ岳高原再訪

今年の夏の不順な天候のあとに、ふと訪れた初秋の一日、娘と二人で久しぶりに八ヶ岳へ旅をした。以前よく一緒に出かけた姉も亡くなり、友人も体調がよくなくて誘うのも憚られ、〝一人旅〟をする元気もなく、いたずらに月日が流れたが、今回はたまたま娘もスケジュールに空きがあって、一緒に行ってくれた。

天候にも恵まれ、万事順調で、充実した旅だった。しかし、前回訪れてから十数年が経っているので、その変わりように驚いたり、昔の記憶が甦って懐かしさでいっぱいになることもあった。

列車が小淵沢近くに差しかかると、右手の平野の中に独り立って枝を広げていた〝大糸桜〟の巨樹が、見る影もない哀れな姿になっていたのはショックだった。ぐしゃりと潰れたように見える。周囲に黒い立木をめぐらせているのも、かえって痛ましい気がした。

小淵沢に着いて、いつものように駅前の古い食堂〝清水屋〟で昼食をと思ったが、あいにく閉まっている。そこでタクシーの運転手にたずねた。

「どこかおいしいお蕎麦屋さんはありませんか?」

「そうですねぇ。ここから百メートルばかり行ったところに〝みやび〟というのがありますよ」

彼は後ろの道を指さしながら教えてくれた。

線路に沿って少し歩くと、遥か前方の家の壁に〝そば〟とだけ書かれているのがみえた。道端のあちこちに色とりどりのコスモスが咲き乱れ、丈の高い紫苑(しおん)の一群(ひとむら)もあって、うすむらさきの花が今を盛りと咲いている。

蕎麦屋は古めかしい普通の農家で、入口の引き戸の上に「古民家蕎麦屋　雅」と横書きの看板があり、軒下に収穫したばかりの大小の南瓜が、幾つもの山になって積まれていた。

引き戸を開けるとそこは広い土間で、隅には古い農具のようなものが雑然と置いてあり、長い上り框(かまち)で靴を脱いで上がると、奥に向かって座敷が鉤(かぎ)の手に広がっていた。古くてどっしりとした座卓が適当に置かれていて、それぞれの周りに座布団が敷いてある。部屋を見回すと、欄間に透かし彫りがあり、鴨居には「天壌無窮」などの書の扁額がかけてあった。その他、ミニオルガンや茶箪笥をはじめ調度のすべてが古めかしく、私の祖父母の時代の和の世界だった。ただ部屋の隅々にさりげなく活けられた薄(すすき)や秋明菊やサルトリイバラなどが、秋の彩(いろどり)を演出していた。

運ばれてきたお蕎麦はさすがに結構な味で、つゆといい、揚げたての野菜といい、充分満足のゆくものだった。

今回の旅では二つの美術館を見学した。一つは森の中にひっそりと佇む小さな絵本美術館であり、もう一つは全く対照的なモダン建築の平山郁夫シルクロード美術館である。

絵本美術館はずっと以前に、姉と友人と私の三人で訪れたことがある。確か〝くんぺい童話館〟から人っ子一人通らない落葉松林の中の広い道を、ひたすら歩くこと三十分、脇道へそれる角に、やっと絵本美術館の道標を見つけてほっとしたのを憶えている。

今回はターシャ・テューダーの本が目当てで、小淵沢の駅からタクシーに乗った。

小柄な老人の館主が独り、この森の中の小さな館(やかた)を守っている。一階はターシャの部屋と、カウンターやテーブルもあってお茶が飲めるやや広い部屋。二階と中二階に小さな部屋が三つ四つあって、赤ずきんとか妖精をテーマに独特の飾りつけがしてあり、至るところ古今東西の絵本で溢れていた。小さな落葉を精巧に貼り付けた童画のシリーズもあった。

ターシャの絵本の復刻版を求め、リンゴジュースを飲み、タクシーで駅へ戻ってホテルのバスに乗り換え、今夜の宿へ向かった。以前は何もない山道だった道路の両側に、モダンな家が数多く建っているのに目を見張った。「別荘が増えましたねえ」と感心すると、「定住するために移ってくる人も多いようですよ」、運転手はそう答えた。

翌日、初めて平山郁夫シルクロード美術館を訪れた。流れるような曲線が横に長く伸びた白い平らな建物で、二〇〇四年に開館し、二〇〇八年に増改築されている。平山さんの絵画作品と共に、平山夫妻が四十年にわたって収集したシルクロードの美術品約九千点を収蔵する。

入ってすぐの部屋は、ガンダーラ仏の展示室だった。間近に見るこれらの仏像は、白い片岩や石灰石に彫られていて精緻を極め、実に美しい。解説によると、アレクサンドロス大王の東方遠征により、現在のパキスタン北西部のガンダーラ地方に多くのギリシャ人が移住し、オリエント文化と融合することで初めて仏像が作られた。例えば「弥勒菩薩交脚坐像は精悍な顔、がっしりとした体躯に王侯貴族の装身具を身にまとった菩薩で、頭頂に結ぶ髪型はギリシャの若者。インドの衣裳をまとい、足首を交える坐り方は遊牧民の王侯風。シルクロード文化の結集ともいうべき作例」とあった。

現在、中央アジアの戦乱の中で、多くの貴重な遺跡が破壊され、失われつつある時、これらの仏像が遠い日本で大切に保管され、人々から愛でられているのは、何とすばらしいことだろう。

平山郁夫が残したシルクロードシリーズその他の絵画もまた端正で静かで、限りなく旅情をかきたてるものである。四十年にわたって何度となく現地に足を運び、六千冊余りのスケッチブックを持ち帰り、それを元に描き上げた数々の名作の前に立つと、その深い青の世界に引き込まれてしまう。

二階のラウンジに巨大な駱駝の像があって、背に掛けられた赤い豪華な織物は、異国の人の細やかな手仕事を偲ばせて、房飾りの一本一本に白い小さな貝片が光っていた。

（くろやなぎけいこ　一九二九年生まれ）

つれづれなるままに……、そして、素直になる私に気がつくままに……。ペンをとり、深い世界に誘われます

貞永　和子

いま「生きる」を求めて

毎日考える事は多く、書きとめたいと思いながら、ときは流れてゆく。

でも、ひと月ぶりにふり返ると、自分の心の変化がよく見えておもしろい。私は、少女時代にめまぐるしく変わってゆく自分の心を日記に書きとめて、人の気持、心は、なんと刻々と変わっていくものかと驚いたが、六十年もたって同じ思いにめぐり会うとは思わなかった。

この一ヵ月、新聞の記事がとても生き生きと感じられる。そしてテレビも。「どんと晴れ」の総集編、「チャレンジド」の再放送など、みんな創作ものだが、人の心の機微に触れ、「生きる」を追求している。でもそれは、私の方がその方向にチャンネルを回しているせいかもしれない。

また、最近の新聞記事にも、感動したり共鳴したりしている。

東日本大震災が起こった当初、世の中の空気があまりにも変わったので不思議な感じがした。みんなが「いい人」になっている。私は疑い深いせいか、突然いい人になることを素直に理解できなかった。

震災前は、世の中に感動がなく、子どもの将来の夢はお金の世界であるように思えた。自己主張ばかり目について、競争の世の中、勝ちぬくことばかりに躍起になっているようであった。自分の気持も多分にその傾向があったかもしれない。

ところが、みんなが「やさしい人」になってきた。最初は、人々があまりの惨状を見て同情し、弱い人々に対してやさしくなっているのかと思ったが、違った。

私と同世代の人達が口々に言う、あの第二次大戦で焼け出され廃墟と化したのと同じ光景の震災の様子や、なぜ降ってくるのか分からぬ不条理な大自然の驚異に慄然とせざるを得なかった。

震災以後の新聞の記事。

一、姜尚中と読む『我輩は猫である』

二、佐藤慶、命や死の意味を考える

今の私に新鮮な命の糧となる。

何故かこの頃あせらない。ゆっくり自分の時間を使い、気の向くままに素直になれる気がしている。でも、生きている証拠に、また何がおこるか分からない。

古い文箱の底で見つけた手紙のような「ふみ」にもう一度、光を当てながら、私はまた、言葉を、二〇世紀から二一世紀にかけて綴って来た「生と死」を思い出しながら、もう一度、書き留めておこうと思う。

でも、生きている証拠に、また何がおこるか分からない。

親友って？

ときどき、私には親友と呼べる友があるのだろうかと考える。友だちはたくさんいる。でも、私自身をまるごと委ねられるかと考えると、どうしても首を縦にふるわけにはいかない。

子どものころから私は「人は必ず他人に言えないものを持っている」と思ってきた。というのは、わが家に複雑な事情があって、人は軽々しく他人に言えない秘密を内に秘めているという暗黙の家族間の空気を吸って大人になってきたように思えるからである。

生まれ落ちてから、人は肉体的飢えと同時に、精神的な愛情の飢餓を体験する。胃袋の充満度と共に欲しいのは、愛情の充足感である。周囲の人びと、最も近い母親、父親、家族など自分をとり巻く人びととの交流、信頼感によってのびのびと成長する。それを自覚し始めた思春期に、私は一人の友を得た。

戦後、やっと勉強も始まった高二のクラスにHさんがいた。

一九四五年（昭和二十年）、敗戦二、三ヵ月前の爆撃や焼夷弾攻撃で、私の住む町は壊滅した。学校も焼け、市内の生徒のほとんどが家を失った。しばらくは勉強どころではなかった。復興が早かったというので昭和天皇の視察を受けたりしたが、その校舎は竹と壁土でできたバラックであった。

しかし、生徒達は物はなくてもエネルギーにあふれていた。今ふり返ると若さは何ものにもかえがたく、湧き出る力の泉であった。そして、思春期にさしかかった私達は、あらゆる問題に疑問の眼を向ける年頃でもあった。

隙間だらけの校舎で、透けてみえるようにうすい紙質の教科書、そして教師と言えば、軍国主義を唱え導いてきた先生達は戦後のデモクラシーを気力なく説くか、教員不足を補う新卒の、友だちのような先生で、何をぶつけても、はっきりした回答がなかった。

その頃、私と彼女は同じ方向を向いていた。周囲に対する不信の目は、同じ姿勢で同じ調子で同じ事を考え、波長が合っていた。

彼女は義理の母親との間に不信感をもっていた。人間不信と共に世の中の矛盾に対する懐疑等、敗戦後の見通しのない世の中に、共に暗澹たる日々を過ごしていた。

私達は文芸部同好会なるものを作り、仲間を集めた。詩や短歌、俳句をつくって自分達の気持をぶつけた。

手ごたえのない先生達の中に唯一人、真剣に私達のつき上げる疑問にこたえてくれる教師がいた。「生きる」ことに光を見出せない我々の疑問を一つ一つ理解し、こたえてくれた。

彼自身が過ごした青春時代の体験と生徒への深い理解から出る言葉は、心に沁みこんだ。日々の細かい出来事は思い出せないのに、今なお、彼女と話し合う中にこの先生の言葉が出てこないことがない。生徒達、少なくとも彼女と私はその先生の言葉の中に、その後の指針を得た。

日本の古典文学、『万葉集』から『源氏物語』『枕草子』の美や世阿弥における教育論、芭蕉のわび、さびの世界、漱石の即天去私、また蘇東玻の詩、法然、親鸞の他力本願の世界まで、先生は口角泡をとばして説いた。

友と私は、つまらない授業の時は抜け出して山に登って語り合った。担任の授業中の留守宅を訪問したり、時にはテストを白紙で出したり、窓の外に咲くひまわりの詩を解答がわりとした。外見は不良でも、当人達は命がけの大真面目であった。砂をかむような日々を重ねながら、あの先生の温情であたりまえに卒業できた。


この苦しい日々をお互いの理解でつなぎ、息を同じくして過ごしてきた二人が、なぜその後の五十年でこんなにぶつかり合わなくてはならなかったのかと思ってしまう。

卒業を境に二人は別々の道を歩き、十年経って再会した。お互いに結婚し、サラリーマンの夫と子どもをもって、共通する環境にあった。

彼女は人間関係に悩み抜いた。たびたび彼女は相談に来た。私は何かしなければとあせりながら、何もできなかった。彼女は「あなたは聞いてくれるだけでいいのよ」と言って、口をはさませなかった。私はどこか違っていると思いながら、何が間違っているのか掴めなかった。お互い高校生の時から自己主張ばかり強かった。

彼女が所用で留守をした間に彼女の夫が急死した。出先での突然の心臓麻痺。彼女の環境は一変した。

この時ほど私は運命の不思議さに驚いた事はなかった。職業もなく先の見通しもなく、子どもを三人抱えた彼女が離婚したいと言い出していたのだ。私には無鉄砲としか思えなかった。そして、あの急変。

その後、お互いにエネルギーを使い果たし、親に頼れない、自分一人、精一杯の人生を生きてきた。ときにはいさかい、もうどうでもよいとの境地になったり、長い間、疎遠になったりしながら、最近はまた、もとの糸に結ばれてきた。

思えば七十年、お互いにひかれるのは本気でぶつかっているせいだと思う。

いまでは、衰えた身をお互いにいたわり合いながら電話の会話を楽しんでいる。

ふるさとは遠きにありて思うもの、なのか

「ふるさと」の四文字の中に、私の七十余年間の思いのほとんどがこめられている。

女学校三年の夏、我が家を焼夷弾攻撃で失い、それまでの祖父の資産による生活の全てを失った。父は画家であったが、品位を落とすから売るなとの祖父の命により、展覧会で批評を得るだけであった。その絵はほとんど焼け、父は病を得て他界した。目的もなく将来もない生活に息をつまらせながら、私はふるさとを出た。

後ろ足で砂をかけるような思いであった。

「修業したい」と真面目に思っていた。矛盾だらけの世の中が理解できず、生きる目標を掴めずにいた。高校を卒業したばかりで、頭でっかちの世間知らず、何とか自立して人生修業をしたいと思っていた。

車中、スーツケースに腰をかけ、一晩中、洗面所で乗り物酔いにフラフラしながら、ほとんど一昼夜かけて、一九五〇年（昭和二十五年）三月、上京してきた。

ところが事情が変わり、伯父の庇護をうけて学業を続けられることとなった。自分の希望がかなった喜びと、それとひきかえに、子どものいない伯母の苦しみの的となり、私にとって経験した事のないジェラシーの焔に囲まれた。大人の世界のむずかしい感情の中で、世間知らずの私は何もわからなくなった。長いことかかって、今頃になってやっと解ってくることも多い。

伯父、伯母、使用人（農場の男達や台所をまかされている女達）、みんな他人同士の中で、はじめて社会に出た私は解らないことばかりで、毎日宙に浮いているような感覚を味わった。ふるさとがなつかしかった。しかし、帰りたいと思うことはなかった。

その後、伯母が入院して、また事情は一変した。

あれから長い歳月が経過した。忙しく過ごして、故郷に帰ったのは数回。「ふるさとは遠きにありて思うもの」であった。

姉が故郷で急死した。その前日、夕刻六時頃、出先から帰った私に電話して来て、「この頃は日暮れが早いから五時には帰りなさい。六時ではおそいよ」と言う。私は母親を感じた。このぬくもりが「ふるさと」なのだと思う。暖かさこそが「ふるさと」なのだ。

うつろい

硝子窓の外は晩秋の氷雨が降り続き、ときどき黒い人影が過ぎてゆく。東京から息子の車で、息子の家族と共に横浜中華街まで来た。のびのびになっていた亡夫の五周年の食事会を家族ですることになり、例年のように横浜で娘の家族と待ち合わせをした。

十二月九日土曜日午後五時半。予約の時間は七時。私は喫茶店に入り、息子の家族はマリンタワーへと出ていった。

夫を失って五年、予期しないことが数々起こった。一、絵を習いはじめた。二、息子の家族が二階に越してきた。三、五年の間に糖尿病、心臓不整脈、高血圧など老人型の不健康は大体経験した。でも、現在は毎朝のウォーキングのせいか大体安定している。

しかし、姉の急死はこたえた。四歳年上。医者にかかった事がないと自慢するほど元気だったが、突然、心臓麻痺で倒れた。一言「さよなら」が言えなかった。さみしい。最近では毎日電話をかけあって、昔のわが家の楽しさを語り合っていたのに。ことわりもなく遠い世界に行ってしまった。

もう考えることはやめよう。

一九四九年（昭和二十四年）に父親が亡くなって以来、「死」の不可思議にさいなまれてきた。結局、考えてもしょうがない。前向きに自分の生を全うすること、明るい日の射す方に向かって精一杯生きるしかない、と割り切っているこの頃であったのに。

「あなたに見習って明るく生きていくことにするわ」

これが姉への、私の最後の言葉かもしれない。

漱石と私

漱石と私の出会いは、まず多くの人がそうであるように、十代のはじめに手にした『坊ちゃん』であった。江戸っ子で一本気な坊ちゃんと、松山の中学教師や生徒との、かみ合わない「テンポのずれ」がもたらす滑稽さが面白く、私の中に不思議な余韻を残した。

また、気位高い坊ちゃんの孤高の姿の陰に見え隠れする「淋しさ」「哀しさ」は、作者の思いの陰として、その後ずっと私の中に残っていた。

その後に読んだ『我輩は猫である』の簡潔な文章と客観的な描写は、他のどの小説にもない直截さと、切りこみの鋭さで私の心を捉えた。

また、『草枕』では、描く風景の中の、絵を見るような美しさ、幻想的なイメージの中に、吸い込まれそうな魅力を覚えたものである。

その後、高校生になって、日本文学史の中の一人の小説家を研究することになり、私は迷わず漱石を選んだ。

それ以前に『門』『それから』『こころ』などを読んで、作中の人物の悩みにひかれてはいたが、それが漱石の心のどういうところからきて、どの辺にあるものか、筋道をたてて理解することができずにいた。高校の三年時の漱石研究にあたって、彼の作品の大部分を読み、彼の悩みをおぼろげながら掴んだように思った。

しかし、彼の掲げた「即天去私」の言葉を知るに及んで、果たして彼がその境地に到達し得たかどうかが大変気になった。当時、私自身、自我の矛盾に悩み、先達として漱石に、そこから抜け出した姿をどうしても見たかった。

結局、彼は理想の世界には到達し得なかったことを知り、少なからず失望したことを覚えている。その後五十年近くを経た現在、また新たに漱石にぐっと近づいた親しさを覚える。それは、煩雑な生活の間に何気なく手にした歳時記の中にみつけた漱石の俳句によるものであった。

秋の江に打ち込む杭の響かな

何度読み返しても、十七文字が一景の絵となって、乾いた杭の響きと共に私の中に飛び込んでくる。小説の中に描いた彼の悩み、自我の世界が自然の景色の中にとけこんで、音と風景が一体となった世界の一瞬を捉えた美しさ。彼の掲げた「即天去私」の世界がキラリと光って私に迫ってくる。

秋風やひびの入りたる胃の袋
骨の上に春滴るや粥の味

以上の三句は、漱石が晩年に大病した後の句であるが、その気負いのない姿勢は、自我を放たざるを得ない状況、即ち大病の中で、微力な自分を思い知らざるを得ない中を通り抜けて生まれてきた境地ではないだろうか。

「ひびの入りたる」「骨の上に」など、彼独特の、大上段から振りおろした刀のような鋭さで私の心を捉える。そしてまたこれらは、それまでの彼の小説の魅力にもつながるものである。

そして、「秋風や」「春滴る」など季語のひろがりの中で、そのわびしさ、哀しさをピタリとのせて、自分の思いと一致させたところに、「即天去私」の世界を句の中に詠みあげた漱石の「美」の世界を感じさせられる。

立秋の紺落ちつくや伊予絣
雲の峰雷を封じて聳(そび)えけり
草山に馬放ちけり秋の空
釣鐘のうなるばかりに野分かな
凩(こがらし)や海に夕日を吹き落とす
あるほどの菊投げ入れよ棺の中

これらの句は、小説を書く以前に子規と共に俳句を作っていた頃のものである。これらは前の三句に感じられる、沈む太陽のきらめきのような美しさはないが、時間空間の交りの中の一瞬を切り取って凝縮してみせたような美しさを感じさせる。

「即天去私」の世界は、彼が一生を通して得られなかったものと思っていたが、実はこれら俳句の中にこの世界を読み、一瞬であっても彼が到達した世界ではなかろうか。

真正面から「生きること」に悩み、「美」の世界に到達した彼に、限りなく魅かれる。

素直になる私

日記を閉ざしたまま二年もたっただろうか。いい気分のままでのんびりと、そして、あっという間に八十歳から八十五歳まで過ぎてしまったように思う。

その間、数々のことが起こりながら、自分の体調も気分もフラフラで、頭の中も整理できず、気がついたらときが過ぎてしまっている。

姉に誘われ、姉の娘婿の車に乗せてもらって長野県八ヶ岳高原に出かけた。梅雨のさなか、日中三十度をこす気温で頭も体調もボーッとしながら炎熱の東京を抜けた。

姉も九十二歳で、どこといって悪いところはないが、私より一枚うわてのまだらぼけで、ちょっと前のことも忘れるのに自分の主張は頑として曲げない。歩きは私より早いのにすぐ苦しくなって歯をガクガクさせて苦しがる。私も何度も同じことを言われるのに辟易して愛想の悪い応対をしてしまうが、四人のうち二人だけ残った姉妹の思い出話を懐かしがっていつも誘ってくれる。

寝たり起きたり、湖のほとりを散歩したり、ロッジの山菜料理のもてなしを喜びながら、夏休み前なのでほとんど客がなく、全館ひとりじめのように自由な毎日を過ごさせてもらった。姉と姪夫婦と犬と私、このまま夏を越すことができたらと思いながら四日間を過ごして帰ってきた。不思議なもので、混乱した頭が回復している。この機会に自分を振り返ってみたいと思う。

最近の私は素直になってきたように思う。いまさら、何にさからってもしようのない年齢になって自分の無力さにやっと気づき、周囲の暖かさに喜び、自然の恵みに感謝する。でも、それは調子のいいときだけかもしれない。痛さ、苦しさ、淋しさが近寄って来ると、何を思うか、自分が信じられない。とにかく何日も続く猛暑の中で、保冷剤を首に巻きながらクーラーをかけて室温を調整、やっとあと一ヵ月余の暑さを乗り切る覚悟ができたことを喜ぶ今日の心情である。

（さだながかずこ　一九三〇年生まれ）

戦前、戦中、戦後、思いつくままにつぶやく。人生、悪くはなかったですね。思い出さまざま、生きてきてよかったなあ

成生　汎子

今年の暑中見舞状

暑中見舞状には年賀状とは違う楽しさがある。貰う方にとってだが、何が楽しいって、返信の多さと、その内容である。

年賀状と比べ、夏は営業用は別として、とても少ないのがふつうのようだ。私も以前は、ご無沙汰のお詫びとか、ほんの思いつきでしか出していなかった。十年位前からわりとマメに出すようになって知ったのは、返信は単に挨拶だけでなく、ほとんどの人が手書きで何か書いてくださるということ。しばしば笑いも誘われるし、葉書や切手への気配りもよく判る。

――この暑いさなか、よくこんなにきちんとねえ、と嬉しい。

ある夏、通院・入院で叶わず、別に心づもりしていたわけではなかったのに、連日の雑事のなかで、ふっと文面が思い浮かんだ。

私が通う文章教室の人たちへの今年の年賀状は、「モールス信号」がキーワードだった。あれは、いささか強引なこじつけで、ふざけすぎかなとおそれていたのだけれど、面白がられて――。

満州にいた頃、うちでは満人（当時、中国人のことをそう呼んでいた）の水汲みを雇っていた。だいぶ離れた深い井戸から汲んだ水を、天秤棒の前後にぶら下げた桶に入れて我が家に運んでくれるのだ。その時の指図など、私が母の代わりをしていたそうだ。私は言葉の覚えが早かったと、母がずっと後になって話してくれたが、私の記憶にはマンマンデー（ゆっくりと）、カイカイデー（早く）、プーシン（いけない）くらいしか残っていない。暑中見舞いには、その言葉を使って、ちょっとふざけて「マンマンデーでいきましょう」と書いた。

すぐ葉書を買いに行き、夜、ワープロに向かった。まる二ヵ月の落ちつかない神戸暮らしから、梅雨あけ後の七月二十一日にやっと帰京したものの、あっという間に月は改まっている。本気になって文章を作る。今回もふざけちゃったかなという結果だが、でも、投函すれば「お楽しみはこれからだ！」。（トーキー映画の第一作はW・B社製作一九二七年公開の「ジャズ・シンガー」。主演したアル・ジョンスンが発した第一声、つまり映画が発した最初のセリフが「お楽しみはこれからだ」だった）。

なか二日おいた八月五日、もう最初の返事が届いた。ウワッ、三通も。それからは、マンションロビーの郵便受けを毎日わくわくしながらのぞく。その場で読み、うちへ帰って何度も読み返す。この楽しさの一人占めはもったいない。ついにそれぞれの文面（部分）をご披露してみたいと思うに至った。以下、到着順に並べたもの。一人、電話の方があった。

A「暑いですねえ。

マンマンデー、カイカイデーは私も知っていましたよ。内地でも、満州熱の時代でしたから。『ソンナニイソイデドコヘユク』ということばもあります。今を楽しみましょう。ゆっくりと。『がんばらないで、あきらめないで』ということばもあるし。……」

B「楽しい暑中見舞をありがとうございます。このような短文をいくつか集めてお書きになれば、立派な作品になりますね。私もなかなか書けなくて、人のことをとやかく申せません。毎月二千字の文をきちんと提出なさる方は、やはりめきめき力をつけていらっしゃいます。要は体力ですね。……」

C「お葉書ありがとうございました。連日の猛暑で溜まっていた疲れが、楽しいお便りで吹き飛ばされました。……」

D「成生さんが吉林にいらしたとは。中国残留孤児が置きざりにされた場所なのですよね。何年に日本に帰られたのかわかりませんが、マンマンデだったら大変なところでしたね。いろいろ体験をなさっている成生さん、書いて、私たちに語り伝えて下さい。……」

E「見事な文章のお見舞、恐縮に存じます。

膝の手術からの歳月、本当に月日の経つのは早いもの。五十肩、やっと急性期の激痛から解放されましたが、まだ左手が上にあがらなかったり、腕が痛かったりと、身体の痛い人の気持がよく分かるようになりました。……」

F「盛夏のお便り、ありがとうございます。拝見しながら、これぞゆとりの『作品』と感心いたしました。こんなに暑くてお忙しいのに、これを創られるなんて、マンマンデなんて、とんでもありません！　その言葉で耳が痛んだり、ため息つくのは私の役ですね。毎日毎日だらだらしていては、あっという間に、秋の『風立ちぬ……』ということに。ともあれ、お目にかかるのを楽しみにしています。……」

G「私も二十一年間韓国ソウルにおりまして、日本とは同根だと思います。顔付きも似ております。言葉遣いの中にも沢山、つながっている例があります。お祭りのかけ声ワッショイは、『ワッソ』という『来たよ』に表れています。ハナッからは、はじめから。一、二、三の一をハナと始めます。……」

H「きのうから、我が家の裏口に小さな猫が来ています。三匹目の飼い猫になりそうな予感。暑さの折、どうぞご自愛下さい。」（手描きの絵葉書で）

I「文章教室がなつかしいですが、隣に住む娘にふたり目の孫が生まれ（また女の子ですが）、役立たずの私でも何か手助けをしなければならず、ちょっと秋からの教室復帰は無理のようです。何事も『マンマンデ』でけっこう。無理して倒れでもしたら元も子もないと思うようになりました。……」

J「暑中見舞を楽しく拝読いたしました。マンマンデ、カイカイデは私にも記憶があります。……毎月の課題も最近ズルをして、時々休んだりしております。こんな具合で、だんだん年寄りになるのでしょうね。……」

K「残暑お見舞申し上げます。誰にも書けない暑中見舞いありがとう。」（印刷部分の文面＝あなたへ／私たちの先輩の中には／疎開保育を経験した人も／14歳で女子挺身隊として／満州に送られた人もいます。／それらの先輩から引き継いで／次の世代の子どもたちに／手渡したいもの／憲法9条／そして、わらべうた・むかし話　「九条保育者の会」として、発起人代表者名が次に並んでいる。余白の最後に手書きで「立川九条の会に入りました」とある。表の宛名下には、囲みで、憲法第九条の最も重要な部分が印刷されている)

Ｌ「大分日が短くなってきました。暑い暑いと言っているうちに、いつしか秋に包まれてしまうのでしょう。講座の文章が少なくなっていますね。以前の積み残しがウソのようです。どんどんお書きになられて、楽しみを増やして下さい。」

Ｍ「たしか年賀状はモールス信号で、『暑中見舞』は中国語のカタカナで意を伝える季節に添ったあいさつ状をいただきました。カタカナに弱い小生は、遅ればせながら、紋切り型の残暑お見舞い申し上げます。謝謝！」

Ｎ　いただいたハガキをその後どこかへ紛れ込ませてしまいました。必ず出て来るはず！

八月の二十五日間に、待つ私の許へ来てくれた返信の葉書たち。嬉しい、楽しいばかりじゃあない。有難いなあと思う。ふだん顔を合わせているのにとは思うし、もらった人は返事を書かなければと、気重になることだろう。でも私のは無礼ではないんだろうと、自分に反論して、出してしまったのだ。

問題は、私の突然の発想なのだ。どんどん頭の中で文章ができていく。もちろんワープロ上では手直しするし、多くの場合、最後の締めくくりは土壇場で考える。アレッ！　と思うくらいスイと出てくることもある。この快感。誰かが言ってくださった「このような短文をいくつか集めて……」式も、一つの方法かもしれぬ、などと今思っているところ。
私の筆記用具は一・六ミリ超極太ボールペン、6B鉛筆、それにノンダスト消しゴム。それたちをどう活躍させるか。マンマンデでいくとしますか。
心をまとめる鉛筆をとがらす　　放哉

私の大阪弁ことはじめ

昭和十年に旧満州国吉林小学校へ入学した私が、その後内地で二回転校し、最後、三年生二学期から卒業まで通ったのは、大阪府下布施第六小学校（現東大阪市菱屋西小学校）で、以後、三十年が大阪暮らしとなった。当然、大阪弁でのあけくれである。

引っ越しは好きだった。まだ見ぬその遠い土地や住む家を頭の中であれこれ想像してはどきどきし、新しい生活に入ると好奇心いっぱいの毎日――。子供のころの記憶は強いものだ。ふと、八十年近く前の記憶が連鎖しながら、今よみがえってくるのに驚く。

〈言葉の〝ふし〟の違いに戸惑う〉

母に連れられ、初めて足を踏み入れたその日の校舎はしんと静まって、もう二学期の授業が始まっていた。そんななか、突如、廊下右手の教室からいっせいにはじける声が起きた。

「アイウエオ　カキクケコ　サシスセソ……」

一年生、とすぐに判ると同時に、これはいまでも忘れずにいるが、東京からきたばかりの者の耳に、その〝ふし〟はじつに奇妙であった。アイウエの「エ」に強いアクセント。つづく「オ」はすとんと低く、カキクケの「ケ」は強く、「コ」は、また、すとん……。

もうひとつのショッキングな思い出。それは白いテントの中でだった。運動場の片隅の、すのこ板を敷き詰め、黒板と小さな机・椅子をギチギチに並べたそれが仮の教室だった。教室が足りない。つまり生徒が多すぎる（全校生徒千五百名を超えていた）というわけで、いっとき二部授業（学年単位で午前か午後登校、半日授業）ということもあった。

仮教室のまんなかあたりの席の私は、ある休み時間に、うっかり机の向こうにエンピツを落としてしまった。簡単には机の下にもぐれない。つい、前の席の女の子に頼んだ。

「エンピツ、拾ってくれない？」

え？　という顔——色白の肌がつるんとしていた——で一瞬、私を見下ろしたその子は、なんと大声で、

「やあ、この子ォおかしな言いかたしやるわァ」

と叫んだのだ。面食らったのなんのって、どこが、なにがおかしいのか。それが判ってくるまでには、少々お時間が——。

〈初めての納得〉

結論、「エンピツ拾て欲しいわァ」であった。

「拾てェ」「拾てェな」「拾てんか」、少し丁寧に「拾てくれへん？」、も少し丁寧に「拾てくれはれへん？」もある。でも、最初に知った、そして身に沁みたのは、その遠回しの言いかただった。

大人だともっと丁寧に「拾てくれはりますか？」「拾てくれはれしませんか？」「拾て欲しいんでご

ざいますけど」、年寄りのなかには「捨ておくれやす」「捨ておくれやすな」を使う人もいるだろう。のちのち知ってみれば、いろいろあるもんや。

「何々して欲しい」というのは、当時好きになれなかった。たいがいは「して欲しいわァ」と、思いきり強い「わァ」を付ける。言葉は遠回しでも目がこわい。「してくれ」という強制なのだから。もっとも、子供の元気さからきていることで、これをふつうに使えば婉曲ないい言葉である。

〈アクセントと苦闘する〉

最初のうち、アクセントはほんと厄介だった。

山、川、月、花、紙などなど、これまでと逆が多い。いちいち覚えるほかなくて、「やま」「かわ」と歩いているときも唱えていた。いまでも何かの拍子に口に出てくるのがおかしい。「先生」は最初の「せ」にアクセントを付けて「せんせ」。恥ずかしくてなかなか先生に呼びかけることができなかった。当時、丸い〝ちゃぶ台〟を囲む食事どきの家族の話題といえば、アクセントについて一番多かった。それから話が広がっていったと思う。

アクセントのない、発音が平板な場合もまた面倒で、慣れにくかった。たとえば「道」「水」。「みィちィ」「みィずゥ」と微妙に伸ばすのだ。さらに一音の場合、「手」は「てェ」、「目」は「めェ」となり、伸ばした方にアクセントが付くこともある。「血と肉」ならば「ちィとにく」(「に」にアクセント)というように、微妙なニュアンスとなるのである。

作家、開高健氏のエッセイに、話し相手に体調の悪さを訴えられて、「それはイイですね」と言ったところ、「いえいえ、イイことじゃありません」と言い返されたという。これなど「胃ィ」が判っていないと通じない。

〈私の言葉はおかしい?〉

まさにキリなく頭に流れ込んでくる雑多な言葉。周りはあんまり手加減してくれない。私の言葉はおかしい。ヘンなのだ。でも私は簡単にへこまないし、友だちはすぐできていく。

「あのね」と声をかける。これがちょっとちがうらしい。「あのね」の「ね」は「な」となるのだ。「あのな」「あんなァ」でなければならない。「そうね」は「そやなァ」、「優しくしてね」は「優しゅうしてな」。後者のおねがいの意味の「な」は「や」でもよい。「あんじょう(うまく)やってな」は「やってや」とも言える。

「あのね」のほかに「ねェねェ」と呼びかけたり、「ね」と念を押すときも同様。「ね」と「な」は似ているかもしれないが、この差は絶大なのだ。それから、子供は「あなた」とは絶対に言わない。「あんたァ」となる。ふつう発音は平板だが、「た」にアクセントを付けることが多い。

呼びかけるだけでも慣れは必要だったが、気を付けていても〝うっかり〟ってあるもの。そのなかでも「アラ」。どちらかと言えばせっかちで早口の私だから、つい「アラ、ちがうわよ」と言うと、とたんに「アラやてェ」(アラだってさ)とはやされる。このとっさの「アラ」は「やァ」でなくてはならないのだ。

そして問題は「……わよ」で、これでたちまち拒絶反応を起こされてしまう。「やァ、ちゃうよ」「やァ、ちゃうでェ」「やァ、ちゃうがな」あたりがスラスラ出てくるようになったのは、だいぶ先になってからだった。

戦前、戦中、戦後とつぶやきを重ねると、どうしても「戦争」になる。が、こんな「ことばのいくさ」もまた、欠かせなかったということである。

私のひとみしりしない性格が幸いして、失敗してもめげることなく、順調に大阪弁に慣れていったのだと思うのだが、実はその一方、たった一人の「ことばの戦い」という大きな苦労があった。

それは誰に言われたのでもなく、自分できっぱりとひそかに決めた「うちの中（つまり両親の前）では大阪弁をしゃべらないこと」だ。理由は、両親とも大阪弁が嫌い、私は四人きょうだいの頭で、みんなの模範でなければならない、その二つの理由だった。十歳足らずの頭でそんなことを考えるなんてと、いまはおかしく思い出されるが、以来、この気持ちをしっかり守った。しっかり努力した。いい子でいようとしたのだろう。

両親はもともと大阪が好きではなかったらしい。そして、実際に大阪で暮らし始めると、嫌いになるばかりで、まずは言葉が「きたない、乱暴」と、父などよく腹を立てていたものだ。私の方は言葉の二重生活を懸命に続ける毎日であった。でも、これには、のち、十分なご褒美があった。

長く病身だった母が逝き、十年の家事専従を経て、念願の上京となったとき、東京人の知り合いが、私の言葉は大丈夫と太鼓判を押してくれた。それ以上に嬉しかったのは、朝から晩まで、東京で東京弁を思い切り話せるようになったこと。あの解放感、爽快感！　からだじゅうにみなぎるものがあった。仕事の上でもいろいろプラスがあり、必要とあれば、どちらかの言葉へ即座の切り替えが利くのは楽しかった。

そしていま、五十年たち、うちの中では、気楽な完全なチャンポン言葉だし、かつて好きではなかったはずの大阪弁を、大阪へ行けば思いっ切り愉快にしゃべろうとしている。同窓会で「あんた、東京長うなるのに東京弁に染まってへんなあ」と言った人がいた。でも、私は「こんでええんや」（これでいいのだ）と満足の日々である。

一九六四年のころと今

二〇二〇年の夏季オリンピック開催地はどこに決まるか、それはやっぱり気になった。候補の三都市それぞれに弱点があるが、日本の福島第一原発の事故は、決定的ダメージではないか。そのほかの条件が立派でもだ。たまっていた新聞の切抜きをしながら、未明の発表を待った。

気がつくと、途中二時間近く眠っていたが、でも充分間に合って、ＩＯＣ・ロゲ会長のくるりと紙を返して「ＴＯＫＹＯ」と発表する、別にニコリともしない顔を見た。

もう途端に、日本のプレゼンターほかみんなが喜びにはじける。テレビ画面いっぱいに涙の笑顔が揺れる。日本国内あちこちで待機していた人たちも、絶叫、乱舞している。ひたすら待っていた人は嬉しいだろうなあ。つられて勿論、悪い気はしない。

〝五十六年ぶり〟〝次の二〇二〇年はじつに五十六年ぶり〟……がしきりに繰り返される。ではと、計算してみると、前回一九六四年の東京五輪当時の私は三十五歳と判った。判ったというのもおかしいが、三十歳すこし過ぎてから念願の東京へ出てきたのはたしかだけれど、そんな年齢だったのか。

オリンピックはテレビで見ていたんだろうか。大体、テレビを持っていたかどうか、いや、小さな白黒テレビがあの間借りの洋間にあった。

そう、あれはMさんに頼まれて譲り受けたものだった。あのころ、私は新聞の三行広告で見つけた、秋葉原のごく小さな会社に勤めていて、別の部屋のMさんと仲良くしていた。

今でも思い出せる。大きな目をしっかり開き、きちんとした言葉づかい。でもジョークも楽しく、何より笑顔がよかった。ただ、気になるのは顔色の悪さで、血の気もつやも全くなく、小柄な体は細すぎる。彼女の方から語ってくれたのは、七歳のとき広島で原爆に遭い、被爆者手帳を持っていて、白血球の数をいつも気にしている、ということだった。

あの会社には二年余りしかいなかったが、一度奥日光へハイキングしたことがある。一行は、Mさん、その同僚のHさんと私、名前は忘れたが、Mさんを思慕している様子がいかにも純朴な地方出身の青年と、夜は法政大学に通うH君、そして話を聞いて「オレも連れて行ってくれ」と言い出した私の上司の計六人だった。

当日、上司は大きなリュックを担いできた。昼食のとき、中からやおら取り出したのは箱膳。ほぼ大正時代には姿を消したチャブ台以前の一人用のお膳である。「オレも……」のあと、楽しい気分になったのだろう。箱膳を持って行くと聞かされ、みんな呆れていたのだが、本当だった。私たちが腰を上げても、あぐらを組み、悠々と箱膳に向かって食べ続けている。酒好きな人だったから、もしかして呑んでいたのか。

名は村田新八といった。話しっぷりはいかにも江戸っ子だったが、立教大学出身、英語が堪能で時々翻訳をしていた。かつては中国大陸で戦っていて、激しい撃ち合いのなか、横にいた戦友の頭が撃たれて半分吹っ飛んだなど、いくつも聞いた憶えがある。

また、「おやじは川柳作家で、号は周魚。好きな鯛の字のヘンとツクリを分けて作った名」で、何新聞かで選者をしていて、投稿作のあら選びを自分がやっている、たくさんの投稿川柳がオートバイで届けられる日は忙しいという話だった。

あるとき、たまたま目にした「台東区の川柳史蹟・川柳発祥の地域に残る文化」というパンフレットに目を見張った。

「戦後の六大家のひとりで川柳きやり吟社を興した村田周魚」とあり、「盃を挙げて天下は廻りもち」の句碑が、上野公園の上野東照宮境内にあるという（昭和三十二年四月建立）。〝村田周魚〟を三十年以上よくも憶えていたものである。

東京五輪は、私には思い出らしいものがろくにない。「聖火台を駆け上がる坂井さん」、「バレーボールの東洋の魔女」、「はだしのアベベ」が頭に残っている位で、強いていえば、開会式当日の見事な快晴かもしれない。「世界中の青空を全部東京に持ってきてしまったような素晴らしい秋日和でございます」というテレビのアナウンスが記憶に残っている。その日の新聞を見てみたい。

次の五輪。私は何歳？　易しい計算をしながら、考える。

過ぎてみてしみじみ判るのだが、六十代は、前半と後半ではっきり違う。体力だけではない。その衰えが及ぼすものに気づかされる。七十歳になれば月ごと、そして八十歳では一日一日、老いは進む。

自分の九十代なんて、今から何が見えるというのだ。見えない。たしかに老い先なんて見えない。判っているのは、目下、私は「老いとのたたかい」に明け暮れているということだ。このたたかいの最中に、次のオリンピックに出会えるのだろうか。

（なるおひろこ　一九二九年生まれ）

旅から旅へ。そんな時間が愛しい。そして、ルーツ探しも始めました。夫と二人、異文化に触れ、異文化に引き込まれ、バッチリです

大久保　洋子

ベニスの月とコーヒーとダンディなウエイターと

早朝、息子が車で送ってくれた。「もうそろそろ、ビジネスクラスにしたら？」と言いながら見送ってくれた。

成田から十二時間、ローマ空港で二時間待ち。寝不足、退屈で、この時間は疲れが倍加するような気がする。

ローカル線の小さな飛行機で、ベニスへ向かう。すぐ後ろの座席の中国系のグループが、けたたましい声でしゃべる。落ちついたら静かになるかと待っていたが、ますます激しくなる。もう二十二時近い。目を閉じてゆっくりしたい。フッと立ち上がって、グループに向かってひと声叫んで、ピッと睨んだ。ピタッと静寂とまではいかないが、効果はあった。後味の悪さは残ったが、同じ東洋人としても、気を付けて欲しいところだ。

三度目のベニス観光だ。しかし、家を出てから、ホテルでやっと足腰をのばせたのは二十四時間ぶり。深夜のホテルは薄暗く、人の気配もない。旅行は好きで旅慣れている私たちも、八十二歳、

七十五歳の老夫婦だ。「やっぱりきついワ」と実感して、息子の言葉を思い出した。とにかく入浴。早々にベッドに入ったが、時差の関係か、夜も明けやらぬうちに目がさめた。機中では、仕事も家事もなく、のんびり本を読み、何となく眠ったのだから、まあいいかと、ベニスの夜明けをゆっくり味わうことにした。

低い丘のような山々のすこし上に、小さな月が浮かんでいた。鳥がさえずり始め、次第に薄れていく月。「ああベニスの月」と思って眺めるこのひととき。考えてみればどうという事もないことだが、日本を離れて数日間旅をすることの解放感による効用というものか、脱日常という事なのか。

翌日、観光バスの窓から海が見え始めた。「この大きな橋を渡ると、いよいよベニス本島よ」と思うと、やはり胸が高鳴る。

オランダのアムステルダムに行った時、「世界は神様が創ったが、オランダは我々が造った」とガイドが説明した。「オランダの街中につくられた運河の氷の上を渡る寒風に耐え、凍土の上で幾度も転倒して、初めてオランダ人になれたのだ」と自己紹介する日本人女性ガイドの気性の激しさに、何となく嫌気がさしていた私は、「フーン」という感じで聞き流していた。

観光の途中、防波堤の上の道路を走った時、左側に青黒く広がる海よりも、右側に続く緑の木立と畑に囲まれた農家の方が数メートルも低く、この落差を目のあたりにして、オランダ人の努力と、それを維持し続けるきびしい条件の中に生きている現実を知り、なるほど、なるほどと納得したものだった。ちなみに、雨水を海に排水する費用として、屋根の面積に応じて課税される、という事であった。

ベニスも然りだ。追われに追われた弱小の民族が、泥の海に杭を打ち込み、遂には海を制御して築き上げた国土である。壮大なサン・マルコ寺院をはじめとして、堂々たる大邸宅、潮位が上がると水びたしになり、板を渡して歩く市民の姿がテレビで映し出されるサン・マルコ広場の現実等、私としては驚くばかりだ。

街中にめぐらされている細い運河、そこに架けられている沢山の丸い太鼓橋、車椅子や杖をたよりに歩く人々はどうしているのか、年を重ねてきたせいか気になる。

水上タクシー、水上バスが、幅広い運河を幹線道路として、横浜みなとみらいの「ぷらり桟橋」のような浮体式のプラットホームから、土地の人々や観光客が、賑やかに乗り降りしている。

運河沿いのホテル、大邸宅には、駐車場ならぬ駐船場として、何台分か、細くて黒いしなやかな棒が目印として水面に立ち並んでいた。かつて歴史に登場し活躍した華麗な貴族、豪商、政治家たちの大邸宅。かと思うと、緑の庭を屋上につくり、洗濯物を干す市民の生活ぶりの、それぞれが風景に溶け込み、旅人の旅情を誘う。

好天に恵まれた運河を風を切って走る水上バスの舳先に陣取った。ツアーのメンバーたちは上機嫌に会話をかわしながら、カメラのシャッターを切る。見事な紫の藤の花が大邸宅を彩る美しさに歓声をあげたり、水上バスの観光も、申し分なくたのしいものだった。

港に停泊中の多くの客船の中に、今夜から七泊するコスタ・フォーチュナー号の黄色く太い煙突と、真っ白い船体がみえた。十万トンのイタリアのカジュアル・クルーズ船である。アドリア海、エーゲ海をクルーズするため、出港地であるベニスでの、短い半日観光のひとときとなったのである。

ゴンドラに乗るというメンバーと別れて、私と夫はサン・マルコ広場で、野外ステージから流れる管弦楽をたのしみながら、ゆっくりコーヒーを飲む。何年か前に、月の光を浴びながら、漁師風のおじさんが唄うカンツォーネに聞き惚れつつ、家々が建ち並ぶ細い運河をゴンドラに揺られていった思い出がある。それで今回はパスした。

復活祭の朝、早天祈祷会を済ませて日本を発ってきたが、ベニスも復活祭だ。サン・マルコ寺院のミサを垣間見たいと思ったが、なにしろ長い長い列が続いているので、これもパスした。正解であった。長い列に並んで教会に入ったメンバーは、途中から抜け出すこともできず、遅々として進まない人並みの中で困り果て、定刻にやや遅れて、やっと出てきた。さぞかし疲れた事だろう。

ゴンドラに乗った筈のメンバーは、途中のトイレでのハプニングで時間が足りなくなり、中止となってもどってきた。「帰りにベニスにもどるので、その時に」と添乗員は言っていたが、帰りは予定変更で、ペルージャ経由でミラノに直行したため、ゴンドラの夢は叶わなかった。

コーヒーはチップ共で十ユーロ、千三百円位したが、白い上着に黒い蝶ネクタイのダンディなイタリア人ウエイターのほほえみとツーショットのサービスつきなのだから、まあいいか。

美しく流れる音楽と、サン・マルコ広場の四月の風と光のひとときは、出発前のあわただしさを、はるかかなたの遠い時として、心身ともに解放してくれた。この気分転換の実感が、旅の醍醐味。脱日常の時空にただよう、ということなのだろうか。

フランクフルト四連泊七万円のツアー。やれやれ

二〇〇九年十二月十五日、雪のためフランクフルト空港閉鎖。一週間前にクリスマス・マーケット

をみて帰ってきたばかりだ。六日間七万円の激安ツアーだった。トランクの中の防寒具は、出番がなくて大あくび。ライン河下りも十月末にはクローズし、これから本格的な冬籠りに入るのだとガイドがいうが、本当かしらと思う程天候には恵まれたのだ。来年こそ一緒にと友人達に声をかけたが、ちょっとこわい。

ソウル乗り換えでフランクフルトに到着し、バスに乗ってそのまま街角の教会の前で降ろされた。寝不足で疲れていた。角を曲がるとすぐにクリスマス・マーケットの賑わいの中に入った。「必ずこの場所に集合。時間に遅れないように」とガイドに言われ、羊達は放たれた。

ドイツ語なんて分かんない。案の定、別の教会を教えられ、真っ青になってバスに飛び込んできた人がいた。浅草の夜店のような人の波、波。市庁舎のバルコニーでおじさん楽団が演奏するクリスマスのメロディーが、花びらのように空を舞う。たのしげに行き交う人々。店の外の高いテーブルを囲み、たのしげに談笑しながら、ゆっくりと熱いワインをすする人たち。飲みたいけれどあとにしよう。歩けなくなったら大変だ。ローソク、お菓子の、色とりどりに美しく飾られたお店。

私達夫婦は、しっかりと腕を組んでキョロキョロと歩きまわった。ころんだら大変。迷子になったら大変。ヘンゼルとグレーテルの老後みたいだ。道を確認しながら、やや必死だ。何よりも暖かくて良かった。次第にテンションがあがり、ソーセージをはさんだパンをかじり、ついに熱いワインをすすり、疲れもどこへやら。お酒の飲めない夫もジュースでご満悦。可愛らしいクリスマスの絵柄のついたワインのカップは、デポジットなので思い出に持ち帰ってきた。

激安ツアー。朝食はコンチネンタルという。覚悟はしてきたが、充分な朝食であった。予想通り市街地からははずれたエアポート用のホテルだ。でも、空港行きのバスを使えば何とかなる。

あらかじめ、日本からインターネットで予定を組み、早朝からケルン、マインツ等、三日間のフリータイムを十分にたのしんだ。旅慣れた夫婦、友人宅を訪問したグループ、母と娘かと思ったら、インターネットに旅友募集を出し、めでたくペアを組んだというIさんとNさん、ニューヨーク帰りの商社マンの奥方Hさんは一人旅、岐阜の銀行マンの未亡人Kさんも一人旅、各自、旅慣れした自立した人々で、短い時間ではあったが、話がはずんで、なかなか面白い旅であった。

第二日目は、その昔、獄中の夫のために錠穴から差し入れたという細いソーセージ（ニュールンベルグ・ソーセージ）のお店、ドイツ最大でいちばん有名なニュールンベルグのクリスマス・マーケットへバスを走らせた。中世を彷彿とさせる街並み、白とピンクのドレスでバイオリンをひく可愛らしい女の子、みえ隠れするジプシーらしい母親、椅子に座った犬とお揃いのサンタ姿のおじいさんが奏でるアコーディオンの響き、風もなく、青く晴れ渡った空、カフェのテラスで、行き交う人々を眺めながらコーヒーを飲み、のんびりとニュールンベルグの午後をたのしんだ。でも、四時にはもう暗くなる。

翌日のローデンブルグ、ハイデンブルグは二回目で、見覚えのある小路がなつかしい。この日はどんよりと低く雲がたれこめ、冷たい風、濡れた石畳。急いで喫茶店に飛び込む。このあたりでクリスマス・マーケットはもういいわ、という感じになった。

旅友の母娘のIさん、Nさん、商社マン夫人Hさんの三人が、ケルンでの昼食の時、近くの席でサンタの帽子をかぶって賑やかに盛り上がっていたドイツ人男性陣の中の一人が、彼女達を誘いにきた。

Ｈ夫人が丁寧にお断りをした。すると、「日本人はこんな風だからいやだよ」というつぶやきが耳に入った。とたんにＨ夫人が男性陣の群れに入り、赤いサンタの帽子をかぶって豹変したという。旅友の母娘はもうびっくり。そのあと旅友の母のＮさんは、トロントロンに酔っちゃって、賑やかに盛り上がったという。

翌朝のその報告に、またもや盛り上がり、私も入れて「素敵な女性四人組」の結成となった。三十代のＩさんは、イスラエルのテルアビブのホテルで、和服姿でお寿司を出していたという黒く長い髪の美しい人。これから婿養子をとり、家業をついで女社長になるため、今、神奈川大で経営学を学んでいる。子どもができても、子どもを母親に託して海外旅行はＯＫという、実に達者な女性だ。私たちの希望で、急遽、オペラ座のコンサートの券をインターネットで九千二百円で入手してくれた。日本では高額なのに。

短かった旅の最後の夜、おしゃれをしてオペラ座へ。広いロビーの低い天井は、さながら満天の星。たくさんの老人グループがテーブルを囲み、ゆっくりとワインを楽しんでいる。中年男女はダークな服装で軽い夕食をとる。開演前の何とも風格のある、豊かさを感じさせるこの雰囲気は、さすが古い歴史を持つフランクフルトの文化か。金融都市、商業都市、ゲーテを生み、大きなユダヤ人ゲットーの消滅の歴史等、重厚な歴史の都市。

オーケストラを中心に、ソプラノ独唱、トランペット、ホルンの素晴らしい演奏でクリスマス・コンサートを充分堪能した。思いもかけないオマケのオマケのきらめく興奮のうちに、この旅は幕を閉じた。

帰りの機中、夫は多くの時間、ゆっくり音楽をききながら、年賀状、クリスマス・カードを書き終える。これはこれで満足らしい。

帰途、韓国金浦空港から三十八度線の展望台へ。幅二百メートル余の川を隔てて、灌木のまばらな北朝鮮の丘陵に、胸がふさがる思いであった。

士族ってなんだっけ

「オナラをしてもいいですか？　腸の手術をしたばかりで、腸がうごき出すと、オナラをしたくなるの。出るととても気持がほっとして、体も軽くなるのよ」とK子さん。

「どうして何度も断るの？　体から出るものはすべてよしなのよ。自然に逆らわない方がいいわよ」と私。

「オナラは、お便所へ行ってするものです、と子どもの頃から躾けられてきたのよ。そのうち、トイレのない時は我慢して、オナラが出にくくなってしまったの」

「だから腸に癌ができたのかもね。貴女のお家柄ってお公家さんなの？　もしかして」

「いいえ、士族よ。父は『武士は食わねど高楊枝』、母は台所で『貪すれば貧す』と言っていたわ」

「明治新政府の時流に乗りきれなかった士族ね。私の母方もそうだったわ」

「ところで、N子さんのご実家は時流に乗った士族のようね。お父さんが朝鮮総督府の高級官僚だったということは、充分に高等教育を受けることができる階級であった訳ですものね」

「番町に住んでいたわ。大名の家の槍持ちだったと聞いているわ」とN子さん。

「槍持ちって、そういえばT子さんが、戦時中乳母の里に疎開していたというので、どういうお家柄なのときいたら、加藤清正の槍持ちよ、と言っていたわ」

どうりでT子さんは、気性の激しい、物事に関しては容赦しないきっぱりとした姫君、といった感じね、と大笑いした。

私の母方の実家は、小田原城のお堀端のすぐ近く、御用所と呼ばれる地域にあった。小田原城内に展示されている資料の中に、家老槇島家令として母の曽祖父の名がみられる。墓には士族ときざまれているのをみて、びっくりした覚えがある。

私の育った横須賀は、城下町ではない。黒船以降、軍港として発展し、全国から雑多な人々が流れ込んできた街なので、良い意味において封建制の強いところであった。

小田原の親戚一同は、没落士族をテーマにした連続テレビドラマに、ついこの間迄の先祖と重ね合わせて、熱い想いで見入り、語り合っていた。

没落士族槇島は、地元小田原では煙草を売るわけにいかないので、箱根を越えて三島方面まで行き、帰りは疲れ切ってお篭に乗って戻ってきた、という笑えない悲話が、従兄弟達の間で伝説になっていたっけ。

常に手元不如意な槇島家は、何故か静岡の吉原から指物師の娘を嫁に迎えた。それが私の祖母である。丸髷を結って裁縫をするセピア色の写真の中の祖母しか、私は知らないのだが。

「町人風情の嫁、無礼な振舞い。下がりおろうぞ」

と、裏に小川と茂みのあった手狭な二階家でのたまう。世が世であれば家老の姫君、奥方様といわれた人の厳しい叱責の声だ。多分、ご本人としては、当然のことを言っていたのだろう。母も時々冗談めかして「下がりおろうぞ」と言っていたっけ。

この厳しい叱責を受けながらも懸命に仕えた、町人風情の嫁であり、妻であり、母であったこの人は、他界した後も息子や娘達から慕わしい母として、思い出されていた。

吉原の実家からは、嫁いだ娘を案じて、こっそりといろいろなものが届けられていたらしい。その気配も、元奥方様には何とも口惜しいことであったのだろう。

「お孝、悪かった」

という詫びのひと言を残して、この世を去ったという。

この「ひと言」と、愛情深く働き者の町人風情の「おっかさま」のことは、槙島家一族の中で、かなり長い間語り伝えられてきた。

（おおくぼようこ　一九三三年生まれ）

思い出は、ふるさと新潟、山合いの、あの広場で眠っています。「月の砂漠」の王子さま、演じたんですよ。いまですか？　ダンスに夢中

白石　裕子

小さな花売り娘でした。ええ、「月の砂漠」の王子さまもしました

私は少女時代を四季折々の自然に囲まれた新潟の山村で育った。小学一年から中学三年一学期まで十年ほど、父の勤める発電所の社宅に暮らしていた。

社宅の中心に広場があった。この広場はいつも男の子達が野球をしていた。私の弟二人も夕暮れになっても帰らず、たびたび呼びに行ったことをおぼえている。

お盆には盆踊りの場所になり、毎年、仮装大会が催された。小学四、五年だったと思うが、盆踊りの輪の中にいた私を、母が「ちょっとおいで」と呼んだ。私の手を引いてどんどん自宅に戻って行く。

母の花模様のスカートに白いエプロンをし、頭に白いスカーフをかぶる。造花を入れた籐のかごを手にさげる。母はエプロンのポケットから口紅を出し、私の唇に少し塗る。

私は盆踊りの輪の中に戻った。審査で二等に入った。インディアンの酋長や国定忠治の仮装者の中に、小さな花売り娘がひとり。ちょっと恥ずかしかった。

また、この広場ではときどき映写会もあり、白い布のスクリーンで三益愛子と三条美紀の「母もの」

を見て泣いた。ジジジーと映写機の音がしたり、突然映らなくなったり、風が吹くとスクリーンがめくれたり、野外映画館はハプニング続出だった。

それでも娯楽がない時代、私はとても楽しみにしていた。一番前の席（といっても、ござを敷くだけだが）で、ひざをかかえてじっと見つめていた。三益愛子も三条美紀も亡くなり、遠い思い出になってしまった。

夏休みの一番の楽しみは、自転車に乗ったおじさんが売りに来るアイスキャンディーだった。旗をなびかせ、チリン、チリンと鈴が鳴ると子ども達が集まる。お金を握りしめ、おじさんの自転車を追った。

広場の木陰に座り、キャンディーを食べた。なんて美味しいんだろう。残った棒をなめながら、大きくなったらあのおじさんの箱いっぱいのキャンディーを全部買おう！　本気でそう思った。

広場の横は独身寮になっている。いつもたくさんの洗濯物がひるがえり、庭には真っ赤なカンナが咲いていた。この独身寮にも、若い人と麻雀をしている父を何度も呼びに行った。「ご飯だよ」と言ったくらいでは見向きもしない。ものすごい熱気ある雰囲気に声もかけられず、私の迎えなど何の役にもたたなかった。父は麻雀にとても強いという噂を聞いていたのだが……。

そして、独身寮の横には社宅の行事が行なわれるホールがあった。舞台装置があり、ここで私は友達とたびたび踊った。

懐かしい写真がある。「月の砂漠」である。私が王子で、一つ下のよし子ちゃんが王女さま。のっぽのよし子ちゃんが王子さまの方がいいのに……と写真を見るたびに思う。

そのよし子ちゃんから連絡があり、三年ほど前に六十年ぶりに会った。相変わらずの、のっぽ！ずいぶん長い間探してくれたらしい。懐かしい人達の消息もわかり、昔話がつきない。時は流れ、二人とも老境に入っているが、昔の面影があり、しばし良き少女時代を思いだして笑いころげ、楽しいひとときだった。

私の両親は長岡市の郊外の墓に眠っている。三年前に母が亡くなり、法事のたびに長岡から新潟に寄ってくる。

すっかり変わってしまった。発電所はなくなり、通学のたびに登り下りした堤防だけが残っている。学校帰りに道草ばかりしていた山道も立派な道路になり、バスも通っている。自然美は当時のままだが、社宅もなくなり、ホテルができた。私達の住んでいたあたりはリンゴ園になり、スキー場まで出来ている。もちろん、懐かしい広場はどこにあったか見当もつかない。変わらぬ山並みだけが私を取り囲み、静まり返っている。

遠い昔の思い出は、まだまだ数知れず、あの広場に置いたままである。

赤い靴を買いました

原色の赤ではなくワインカラーである。でも、私にとっては憧れの赤い靴である。

若い頃から赤い色が苦手で、洋服もバッグも靴も、赤いものは身につけたことがない。古い話になるが、奈良光枝という美人歌手が歌う「赤い靴のタンゴ」という歌があった。何度口ずさんだことか……。この素敵な歌を歌いながら、いつか赤い靴を履きたいと思っていた。

しかし、赤い靴は洋服と合わせるのが難しい。白、紺、ブルーが好きなので、ベルトと靴くらい赤くてもいいかな？　と思ったこともある。けれど、いざ買う時には落ち着いた色を選んでしまう。とうとう買えずに、こんな年齢になってしまった。

でも、ダンス靴ならいいかもしれない。私がスクエアダンスのクラブに入って七年目になる。男女二人ずつカップルになり、四組で四角になって踊る。ビートの効いた音楽に合わせ、コーラー（先生）の指示通りに動く。コールはすべて英語。最初はどうなることかと思ったが、歩くし、頭も使うし、老化防止に役立っている。

ダンスの例会は週に一回。その他に日曜日に各クラブ主催のパーティーがある。パーティーのコスチュームは、男性は長袖のワイシャツ、女性はひざ上丈の可愛いワンピースを着る。パニエをはいてスカートをふくらませる。

各自、自由に洋服を作っていいので楽しいが、最初はびっくりしてしまった。こんな年齢になってお人形のような洋服。脚も出して……。しばらく抵抗があったが、皆で着るので最近は平気になった。靴もカラフルで色とりどりである。スクエアダンスの靴は社交ダンスの靴と違い、ヒールも二センチ位で華やかさはない。革も柔らかくて動き易く、足の甲の上でゴムテープがクロスしている。ズボンをはいてしまうと、あまり目立たない。

それでも赤い靴には少し勇気がいる。ダンス靴のカタログを見ては二、三日悩み、ようやく決心した。赤とシルバーの二足を頼んだ。シルバーの靴は週一回の例会に履いている。かなり光って落ち着かなかったが、やっと慣れた。

赤い靴はしばらく飾っておいた。奈良光枝の歌、「はいた夜から切なく芽生えた恋の心／窓の月さえ嘆きを誘う……」と歌いながら、私はおかしくなり、笑ってしまった。恋心どころではない。私の場合は転ばぬように、滑らぬように、間違えないように。若い人（六十代後半）と一緒に踊っているので、私のミスで輪がこわれることのないよう、足を引っ張ることのないよう、気を遣っている。でも、誰が間違っても皆でニコニコ。ダンスはやはり楽しいし、若返る。

私達のクラブは七年前に出来た。私はその一期生である。最初、四人入ったのに、その後、二人はやめてしまった。私と一緒に残った人は、現在九十四歳になる。腰が曲がっているが、よく動き、品のいいおばあちゃんである。ステップも正確で、クラブの人気者。十周年までは頑張ると約束しているので、私も負けないようにしよう。

六月のある日、私の家の近くの会場でスクエアダンスのパーティーがあった。地味めのコスチュームに、思い切って赤い靴を履いた。くるりとターンすると、ふわぁーっとスカートがひろがり、しぼむ。赤い靴を履いた私の足が見える。とても可愛いじゃない！　なんだか楽しくなってきた。

私にとってはかなりの冒険だったのだが、友達も、他の人も誰も気が付かない。なんにも言わない。少しほっとする。

いつもは途中で休憩しながらまた踊るが、その日はずっと続けて踊ってしまった。足腰をぐんと伸ばし、まだしばらくは頑張れるような気がしてきた。

身代わり傘のおかげでした

昨年、スクエアダンスの友達が二人、転倒し、骨折した。二人とも私より少しだけ若い。一人は庭の木を切っていて踏み台から落ち、ひざのお皿が割れた。独り暮らしなので、倒れたまま人が通りかかるのを待って声をかけたらしい。長期入院、療養で一年後、再び踊り出した。

もう一人は暮れの大掃除の時、高い窓を拭いていて椅子から落ちた。背中の骨を折って痛くて眠れず、このまま死ぬのかと思った、と電話してきた。骨がもろくなり、その治療もしているとのこと。コルセットははずれたが、まだあまり動けない様子。ウツになりかかり、食事も進まないらしい。

他人事ではない。私も転びやすくなり、たびたびつまずいてよろめく。今危なかった！　と思ったことが何度もある。

骨密度も、七十歳の時の検査で「年齢相応」と言われたが、気に入らない。少しは年齢より良くなくちゃ……。嫌いな牛乳、ヨーグルトを一日一回必ずとり、無塩の小魚を少しずつ毎日食べているのだから。

家は十年前、老人用に建て替えたので、段差はなく、至る所に手すりがついている。玄関にも裏口にも、地下収納庫のわずかな階段にもついている。最初はあまり必要としなかったが、最近は気が付くと自然につかまっている。

廊下も車椅子が通れる幅になっており、和室の出口から外に出られるようコンクリートのスロープになっている。自分の車椅子の姿など想像もしなかったが、この先、老いが進み、何が起きるかわからない。ああ、これでよかったと思う日が来るかもしれない。

二階から下りる時は必ず手すりにつかまるようにしている。注意していたつもりなのに、先日、とうとうやってしまった。手ぶらで階段を下り、うっかり手すりにさわっていなかった。最後の一段をとばしてしまい、体がななめに浮いて、そのまま玄関のたたきの上にドドッと。

幸いなことに、前日さした傘を開いて置いてあった。その上に倒れ込んだ。クッションになった傘が体を支えてくれたが、頭を玄関のドアの取っ手にぶつけてしまった。しばらくショックで動けない。

頭の左側がふくらんできた。立ってみる。どこも痛くない。氷で頭を冷やし、しばらく様子をみることにする。

それにしても、つぶれた傘のひどいこと。私を助けてくれたこの傘は、二十年も愛用している携帯用の小さな折りたたみ傘である。

亡くなった母が二十年前、横須賀に一人で暮らしていた。母を誘い、娘と私の三人で鎌倉へ遊びに行った。満開のあじさいを眺め、食事をし、そしておしゃべり。その後、娘が嫁いだので、思い出の一日になった。

その時、鎌倉の小さな傘屋で三人が一本ずつ買った。私の傘はあじさいの花の色。裏地にピンクやぼたん色の小花を散りばめ、とてもムードがあり気に入っていた。小さく軽く、ヨーロッパ、カナダ、スペインなどの外国旅行にも重宝した。

その傘が、何ヵ所も骨が曲がり、裏地の小花模様がそっくり返ってためない。それもそう、私の体を受け止めてくれたのだもの……。おかげで骨折しないですんだ。玄関のたたきに顔から落ちていたら、と思うとぞっとする。

夕方、スポーツジムから夫が帰り、アイスノンを頭に乗せ、スカーフをかぶった異様な姿にびっくり。医者に行った方がよくないか？　と言ったが、こぶもおさまり、気持ちも悪くならないし、たぶん大丈夫そうである。

身代わりになってくれたあじさい色の傘は、玄関の隅に置いてある。階段を下りるたびに目に入る。しばらくは見るたびに心を引き締め、くれぐれも注意して暮らすことを心がけよう。

今どき傘の修理なんて、出来るだろうか。再び、この小さな傘を持って歩けることを願っている。

干し柿、食べた？　母に聞いたのですが……

最後の干し柿を夫と半分ずつ食べた。毎年のことながら大きく柔らかく、ほど良い甘さで、見事な干し柿である。

息子の嫁さんは、山梨県塩山のぶどう園の娘である。二十年前の秋、私達夫婦は初めて塩山を訪れた。そしてその翌年四月、息子達の結納の日、再び訪れた。

桃の花が満開で、街中ピンクで明るい。春らんまんの佳き日、結婚が決まった。こんなに美しい所でご両親に大切に育てられた娘さんをもらって、息子は幸せ者だねと夫と話した。

息子の結婚以来二十年近く、美味しい桃とぶどうが届き、暮れには自家製の干し柿を送ってもらっている。

ダンボールいっぱいの果物を開く時のうれしさ！　太陽も雨も風もいっぱい浴びて輝いている。顔を近づけると甘い香りがして、思わず歓声をあげてしまう。

桃はいたみ易く、冷蔵庫に入れたくなるが、冷やし過ぎは良くない。桃の顔色を見ていて、ほど良く冷やした方が美味しくなるような気がする。

ぶどうは食べはじめると止められない。血糖値の高い私は要注意である。二、三年前の健康診断では、夫婦とも果糖の摂り過ぎを指摘されてしまった。以後、気を付けているが、新鮮なうちにとつい食べ過ぎてしまっている。

果物はどれも好きだけれど、特に柿が好きだ。売られている粒ぞろいの柿よりも、庭の木でとれるごつい柿が好き。カリッと噛みごたえがあり、自然の甘みがある。残念ながら我が家には柿の木はない。柿の季節になると一本植えておけばよかったと思うが、今からではもうすでに遅し……。間に合わない。

嫁さんの実家では、秋は干し柿の準備で忙しくなる。彼女も柿の皮むきの手伝いに、車で日帰りしている。あんなに大きな干し柿になるのだから、さぞ大きな柿だと思うのだが、生の柿は見たことがない。家族全員で皮をむき、乾燥させる。こんなに手のかかった贅沢な柿を、私達はいつも暖かい部屋でいただいている。

手のひらにずしりと重い干し柿。私の親戚や友人にも好評で、ファンが多い。時にはご近所におすそわけすることもある。必ず感激して、お取り寄せ出来ないかと聞かれる。これは手作りの貴重品で、精いっぱいとのこと。今どきの……風味とか……もどきではなく、本当に自然の恵みそのものなのだ。

三年前に亡くなった私の母が、ことのほかこの干し柿が好きだった。

暮れになると楽しみに待っている。師走の一日、干し柿の他にあれこれ見つくろい、大きな荷物を持って母の所に行く。「今年もまた終わるわね」と美味しそうに食べる。晩年には歯が弱り、たくさん食べられなくなったが、細くさいてゆっくり味わっていた。

最後の冬、暮れに届けたのだが、その頃から体調が悪く、元気がなかった。九十八歳の母は、病気も、軽い痴呆も乗り越え、最近は頭も冴えていた。毎日、きちんと身を整え、病院の診察日にはおしゃれもして、先生にしっかり応答していた。自分のことはまだ全部出来るし、しばらくは元気で過ごせるかな、と思っていた。

しかし、横になる日が多くなり、口数も少なくなった。そばにいても話がはずまない。すぐ目を閉じてしまう。私が「干し柿食べた?」と聞いてもコクンとうなずくばかり……。あんなに好きだった柿も、もう食べられない。

亡くなる三日前に訪ねた。眠ってばかりいる母が、突然目を開けた。私の顔をしばらく見ていたが、枕の下に手を入れ、何か引っ張り出し私に渡した。黒く固くなった干し柿が一つティッシュに包まれていた。

ほの暖かい干し柿を受け取り、母はきっといい夢を見ているに違いないと私は思った。

（しらいしゆうこ　一九三七年生まれ）

著者略歴●村上義雄（むらかみ　よしお）
フリージャーナリスト。元朝日新聞編集委員。
NHK記者から朝日新聞記者に転じ、社会部、「週刊朝日」「朝日ジャーナル」などに在籍。「子ども・若者の世界」「戦争と平和」など多様なテーマに関してルポを書き続ける。
著書に『「朝日ジャーナル」現代を撃つ』（朝日新書）、『20世紀を一緒に歩いてみないか』（岩波書店）、『東京都の教育改革』（同）、『人間 久野収』（平凡社）、『浮遊人間 水上勉』（朝日ソノラマ）、編著書に『私もまた語り部として生きる』（教育史料出版会）、『私の故郷は地球なのです』（同）、『二〇世紀をたどる 二一世紀を歩む』（同）などがある。1934年生まれ。

世紀を超えて「光」と「影」を歩く

2016年2月20日　第1刷発行ⓒ

編著者　村上義雄
発行者　駒木明仁
発　行　株式会社 教育史料出版会
〒101-0065　千代田区西神田2-4-6
☎03（5211）7175　FAX 03（5211）0099
郵便振替　00120-2-79022
http://www.kyouikushiryo.com
デザイン　中野多恵子
印　刷　平河工業社
製　本　三森製本

定価はカバーに表示してあります。
落丁・乱丁はお取りかえいたします。
ISBN978-4-87652-535-5　C0036